나는 가끔
철학자가 된다

나는 가끔 철학자가 된다

발행일   2025년 1월 28일

지은이   강명경 강혜진 고지원 김진하 김하세한 김효진 송기홍 쓰꾸미 전은태 조왕신
펴낸이   손형국
펴낸곳   (주)북랩
편집인   선일영   편집   김현아, 배진용, 김다빈, 김부경
디자인   이현수, 김민하, 임진형, 안유경, 신혜림   제작   박기성, 구성우, 이창영, 배상진
마케팅   김회란, 박진관
출판등록   2004. 12. 1(제2012-000051호)
주소   서울특별시 금천구 가산디지털 1로 168, 우림라이온스밸리 B동 B111호, B113~115호
홈페이지   www.book.co.kr
전화번호   (02)2026-5777   팩스   (02)3159-9637

ISBN   979-11-7224-472-9 03810(종이책)   979-11-7224-473-6 05810 (전자책)

(주)북랩 성공출판의 파트너

북랩 홈페이지와 패밀리 사이트에서 다양한 출판 솔루션을 만나 보세요!

홈페이지 book.co.kr   • **블로그** blog.naver.com/essaybook   • **출판문의** text@book.co.kr

작가 연락처 문의 ▸ ask.book.co.kr

작가 연락처는 개인정보이므로 북랩에서 알려드릴 수 없습니다.

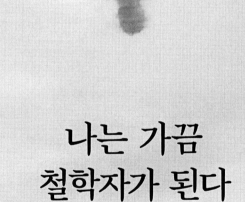

나는 가끔
철학자가 된다

강명경 강혜진 고지원 김진하 김하세한
김효진 송기홍 쓰꾸미 전은태 조왕신
지음

북랩

들어가는 글

아침 일찍 일어나 아직 곤히 자는 딸아이의 볼을 어루만집니다. 머리도 쓰다듬고 다리 마사지도 해 줍니다. 일어나라는 말 대신 사랑하는 마음을 온몸으로 전해 줍니다. 업고 다닐 땐 얼른 컸으면 좋겠더니, 이젠 자고 일어날 때마다 한 뼘씩 자라 있는 딸아이가 아깝습니다. '조금만 천천히 커라, 세월아, 천천히 흘러라', 소중한 이 시간을 더 누리고 싶은 욕심이 납니다. 문득, 놓치고 있는 것들에 대한 미련에 오늘부터라도 일 분, 일 초를 온전히 즐기리라 마음먹습니다. 이 책을 출간하기 위해 원고를 쓰면서 생긴 커다란 변화입니다.

얼마 전, 지인 남편의 부고 소식을 들었습니다. 지병을 앓지도 않았고, 직장 생활도, 아빠 노릇도 열심히 하던 남편이었답니다. 잠투정하며 보채는 아들을 안고 피곤을 달래던 지인은 그날따라 보채는 아들을 쳐다보지도 않고 그대로 지나쳐 침실로 들어가는 남편을 보며 화가 났다고 하더군요. 피곤하다며 침대에 누워 있는 남편에게 불만 섞인 말을 했답니다. 그 말을 들었는지 못 들었는지, 남편은 홀로 잠을 청했고 늦게까지 아들을 재우느라 작은 방에서 깜빡 잠이 든 지인은 이튿날, 출근 시간이 되어도 일어나지 않는 남편을 깨우러 안방에 들어갔답니다. 한 번도 지각한 일이 없던 성실한 남편은 이미 차갑게 식어 있더랍니다. 상상조차 해 보지 못한 상황이 믿기지 않아 침대 옆에서 남편의 다리를 흔들며 어서 일어나라는 말을 한참 동안 하던 지인은 아무리 깨워도 일어나지 않는 남편을 끌어안고 끝내 눈물을 터트렸습니다. 어젯밤에 쌀쌀하게 쏘아붙여서 미안하다는 말도 제대로 못 했는데 이렇게 혼자 가 버리면 어떡하냐고, 남편의 목덜미를 끌어안고 한참을 울부짖었다고 합니다.

장례식에서 어떻게 위로를 건네야 할지 몰라 하는 나에게, 그녀는 이렇게 말했습니다. 심장 마비로 이미 숨이 끊긴 남편, 혼이라도 있다면 미안하다는 말을 꼭 전해 주고 싶었다고요. 그러면서 저에게, 매일 아침 출근하는 남편의 모습이 마지막일지도 모른다고 여기라고 했습니다. 그러면 사랑한다는 말을 미룰 수 없을 거라고요. 아무리 섭섭한 일이 있어도 잠시 시간 내어 따뜻하게 안아 줄 수 있을 거라고요. 떠나고 나서는 꼭 해 주고 싶었던 그 말을 아꼈던 것이 큰 후회로 남을 거라고 말이지요.

대학생 때 보았던 영화 〈이프 온리〉가 떠올랐습니다. 하루하루 치열하게 살았지만, 인생의 우선순위가 무엇인지 잊고 지내던 남자 주인공 이안은 갑작스러운 사고로 연인 사만다의 죽음을 목격하게 됩니다. 그런 이안에게 기적이 일어납니다. 사고가 일어나던 날 아침으로 되돌아오게 되지요. 곁에 있는 연인, 다시 주어진 시간. 그 소중함을 뼈저리게 느낀 주인공은 연인에게 닥칠 사고를 막기 위해 안간힘을 씁니다. 그러나 결국 운명을 바꿀 수 없다는 것을 깨닫습니다. 그리고 자신에게 주어진 시간을 이전과는 다르게 채워나갑니다. 오롯이 소중한 것에 집중하고 온전히 사랑하는 사람에게 마음을 표현하는 시간을 보내게 됩니다.

일상의 모든 것들을 되돌아보기 시작했습니다. 흐르는 세월에 휩쓸리듯 정신없이 살다 어느 날, 이렇게 사는 것이 맞나, 어떻게 살아야 하나 고민하게 되었습니다. 좋아하는 것에 관심을 가지게 되었고 소중한 것은 무엇인가 사유하게 되었습니다. 좀 늦은 감이 있지만 저의 이런 변화가 참 반갑습니다.

겨울 방학에 무엇을 할 거냐는 질문에 옆 반 선생님은 연예인 팬 미팅 티켓을 구해 두었다며 설레는 표정을 감추지 못합니다. 학기가 끝났으니, 방학이 오는 건 당연하다고 생각하고 있던 나와는 달리 사랑하는 것들로 꽉 채우기 위해 방학을 손꼽아 기다리는 그녀, 자기에게 주어진 시간을 온전히 즐길 줄 아는 그녀가 부러웠습니다. '최애'가 있는 삶을 사는 그녀는 이미 삶의 철학이 확고한 사람처럼 보였으니까요.

나를 돌아봅니다. 나의 '애'는 무엇일까? '최애'가 무엇인지 알고 싶으면 '애'가 무엇인지 따져 보는 것이 우선입니다. 조용하게 앉아 생각해 봅니다. 설레는 표정을 감추지 못할 만큼 내가 사랑하는 것이 무엇인지 떠올리기 어렵습니다. 별것 아닌 것에는 큰 애정을 주지 않는 나는 남들이 내뱉는 감탄사를 듣고 별것도 아닌 걸 저리도 좋아하는구나 하고 생각했을 때가 많았습니다. 꽃이 예쁜지도 몰랐고, 선물을 받아도 크게 기뻐하지 않았습니다. 계절이 바뀌는 아름다움도 모르고 살았습니다. 늘 내일을 생각하며 살았고, 그러다 보니 오늘을 즐기지 못했습니다. 그런데 이렇게 계속 살다가는 죽기 전에 나의 '최애'가 무엇인지 찾지 못해 억울할 것 같았습니다. 지금부터라도 아주 보통의 것들에서 나의 최애를 발견할 수 있도록 곰곰이 생각해 보려 합니다.

이 책에는 산다는 것이 무엇인지, 어떻게 살아야 하는지에 대한 열 명의 고민이 담겨 있습니다. 삶을 돌아보며 가끔은 철학자처럼 사유하는 열 명의 인생을 펼쳐 놓았습니다.

1장에는 살면서 겪은 상실과 헤어짐, 죽음과 마주한 경험을 공유했습니다. 이런 경험을 통해 문득 살아 있다는 사실에 감사하며 삶을 색다르게 인식하게 된 작가들의 일화를 펼칩니다. 2장에는 평범한 일상에서 찾은 가치를 소개합니다. 창밖에서 불어오는 바람 소리를 느끼고, 따뜻한 커피 한잔을 할 수 있는 여유, 사랑하는 사람들과의 눈 맞춤같이 특별하지 않아도 지금을 소중하게 만들어 주는 것들을 담았습니다. 3장에서는 나이가 들어가면서 느끼는 삶의 변화와 인생의 가치, 감사함과 교훈에 대해 담았습니다. 젊은 날 열정을 그리워하고 나이 들어가며 생기는 변화를 담담히 받아들이며 감사함을 느끼는 작가들의 이야기에 공감할 수 있을 거라 기대합니다. 마지막으로 4장에서는 우리가 남기는 것들에 대해 기록했습니다. 내가 죽은 후에 나는 어떤 사람으로 기억될지 사유하며 어떻게 살아야 할지 삶의 방향을 설정한 작가들의 이야기를 실었습니다.

'메멘토 모리'에 대해 들어 본 적 있으실 겁니다. '죽음을 기억하라.'는 이 말은 전쟁에서 승리한 개선장군을 뒤따르던 노예가 외치던 말이라고 합니다. 승리했다는 기분에 도취한 장군에게 언젠가 당신도 죽음을 맞이할 것이니 너무 우쭐대지 말라는 교훈을 심어주기 위한 말이었다고 합니다. 삶은 영원하지 않습니다. 그 사실을 깨달을 때, 우리는 당연하게 여겼던 일상 속의 작은 순간들이 얼마나 소중한지를 깨닫게 됩니다. 따뜻한 햇살이 비추는 아침, 사랑하는 사람과의 짧은 대화, 좋아하는 음식을 음미하는 순간. 우리가 무심히 지나쳤던 일들이 죽음을 기억하는 '메멘토 모리'를 통해 특별해집니다. 죽음이 삶의 종착점이라면 언제 마주할지 모를 그 죽음 앞에, 매일 매 순간은 삶의 절정인 셈입니다.

『빅터 프랭클의 죽음의 수용소에서』라는 책에는 이런 구절이 적혀 있습니다.

"사람의 삶에 있어서 가장 중요한 것은 자기 삶에 대한 의미를 찾는 것이다."

- 빅터 프랭클, 『빅터 프랭클의 죽음의 수용소에서』, 청아출판사, 2022, 157쪽

그 어떤 힘든 삶도 '의미'를 부여하는 순간 이겨 낼 수 있는 용기가 생기고 끝까지 살아 낼 끈기가 솟는다고 믿습니다. 미래를 걱정하며 불안 속에 살고 있거나, 과거를 돌아보며 후회 속에 살고 있는 독자들이 지금, 여기에서 의미를 찾고 소소한 행복을 누리며 살아있음에 감사하는 삶을 즐기면 좋겠습니다.

열 명 작가의 과거와 현재, 그리고 미래를 살아가는 철학을 담은 이 책이 독자들에게도 삶의 의미에 대해 생각해 보는 소중한 시간을 선사한다면 참으로 기쁘겠습니다.

2025년 1월
초보 작가 강혜진

제2장 지금, 여기 소중한 순간

제3장 내 삶을 돌아보며

제4장　나는 어떤 사람으로 기억될 것인가

제1장

문득 살아 있다는
사실이 감사한 순간

—

삶의 온도를 느끼다,
함께한 시간의 소중함

강명경

살짝 차가운 바람이 코끝에 스쳐 간다. 좋아하는 계절, 가을이다. 가을 공기는 코끝을 타고 들어와 몸에 퍼진다. 이 순간을 놓치고 싶지 않아 한 번 더 깊게 숨을 들이마신다. 눈에 보이지 않아 감각에만 집중해야 하는 3초……. 짧은 순간이 지나면 흔적도 없이 사라진다. 방금의 공기를 다시 느끼고 싶어 숨을 들이마셔 보지만 사라졌다. 찰나의 순간만이 사라지는 것일까.

초등학생 때의 일이다. 용돈을 받으면 차곡차곡 모은다. 그러고는 문방구에서 귀여운 스티커나 유행하는 다이어리 속지, 예쁜 연필, 불량식품 간식들을 산다. 갖고 싶었던 물건들을 가지면 서랍장으로 직행한다. '간직' 자체로 오래 보관한다. 쓰면 닳아 없어질까 애지중지한다. 아끼기만 하던 나의 물건들은 몇 년이 지나 쓰지 못할 정도로 변해 있다. 스티커는 끈적이는 비닐에 눌어붙고 사탕은 녹았다. 다이어리 속지의 유행도 이미 다 지나 버려 진작 쓸 걸 하며 아쉬워한다. 눈에 보이는 것들은 처음의 모습 그대로 제자리에 있을 것 같지만 물건의 시간도 유한하다.

인간관계에서도 보이지 않는 시간이 있다. 좋은 만남이 있으면 계속 함께하고 싶다. 오래도록 지금처럼만 행복하길 바란다. 눈에 보이지 않는 순간이 금방 지나칠 때 좀 더 머물렀으면 한다. 좋아하는 물건은 대를 이어서 물려주고 싶을 만큼 소중히 여기지만 소재에도 수명이 있어 언젠가는 헤진다. 좋은 사람과의 만남을 유지하고 싶지만 언젠가는 헤어진다. 그것이 눈에 보이든 안 보이든, 생명이 있든 없든. 무언가와 언젠가는 헤어지는 날이 올 것을 알면서도 다시 애정한다. 함께한 시간은 0.1초든 50년이든 온기가 있을 때 느낄 수 있다.

삶과 죽음은 같은 길 위에 있다. 스스로 시작을 선택하지는 않았어도 숨을 쉰다. 삶의 여정을 걷는 동안 소중한 사람들, 가족, 친구 그리고 반려동물과 함께한다. 어느 순간 매일의 일상이 당연해지면 익숙함에 속기도 한다. 무료하다고 느껴질 때도 있다. 처음의 마음과는 달리 느슨해질 때쯤 소중한 것들을 잊고 지나친다. 그러고는 한참 후에야 알아차린다. 그제야 '그때 왜 그랬을까'후회한다. 당연하다고 여기던 것들이 하나둘씩 변해가는 걸 마주한다. 막연하게 남 이야기처럼 듣던 일이 내게도 일어났을 때야 온몸으로 알게 된다. 다양한 경험을 통해 세상을 익힌다. 통찰하면서 삶의 소중함을 깨닫는다.

얼마 전, 뉴스에서 연기자 김수미 씨 별세 소식을 접했다. 언제나 곁에 있을 것 같았던 그가 갑자기 더 이상 세상에 없다는 사실에 얼굴이 붉어지다가 이내 마음이 묵직해진다. 그의 가족들은 얼마나 큰 슬픔을 느낄지 감히 상상할 수 없다. 할머니, 할아버지께서 돌아가셨을 때가 떠오른다. 그때 부모님께서 슬퍼하시며 보내드리던 모습이 겹친다. 받아들여야만 하지만, 믿기지 않는 사실에 헤아리기 어려운 마음. 누구나 겪게 되는 일이지만 차마 마주치고 싶지 않은 순간이다. 사랑하는 사람들과 이별 경험이 있더라도 이별을 마주하고 애써 추스르기는 힘들다. 그리운 마음을 어찌 감당해야 할까. 나도 언젠가는 세상을 떠난다. 당장 내일이 될 수도 있다. 판타지 영화처럼 시공간을 멈추거나 초월하는 현실은 없다. 시간이 허락한 만큼만 살 수 있다. 억만장자도 흘러가는 시간을 마음대로 조종할 수 없다. 허락된 시간만을 사는 내가 할 수 있는 것은 딱 한 가지, 지금 내가 하는 말이나 행동을 어떻게 할지 결정하는 것이다.

"요미는 이제 막, 두 달 됐어요."

나에겐 언제나 곁을 지켜주던 반려견 요미가 있다. 2016년 2월 우린 처음 만났다. 어릴 적부터 강아지를 키우고 싶었던 나에게 요미는 특별한 존재였고, 소중한 가족이 되었다. 복슬복슬하고 부드러운 흰색 털, 두 손에 쏙 들어올 만큼 작고 앙증맞았다. 좋은 것만 먹이고 싶었다. 한 팩에 4개 정도 들어있는 수제 간식은 7천 원, 사료는 대용량이 아닌데도 좋은 것만 들어있다는 말에 한 봉지에 5만 원 정도를 주고 사 먹였다. 그러다가 집에서 직접 간식을 만들어 먹이기 시작했다. 나날이 살이 포동포동하게 오르고 건강해져 '든든이'라는 별명이 붙었다. 그렇게 함께한 지 10년째, 요미의 기운이 조금씩 변해간다. 언젠가는 다가올 이별을 알면서도 나에겐 멀리 있는 일처럼 막연하게만 여겼다. 까만 콩 세 개를 가진 곰 인형 같았는데 눈동자 색은 푸르게 변하고, 촉촉하던 코는 건조해진 갈색이다. 통통한 몸통을 지탱하는 얇은 다리로 뒤뚱뒤뚱 걸을 때의 모습은 불편해 보였다. 밥 달라고 짖어대던 카랑카랑한 목소리는 약해졌고, 표정이나 눈빛이 전과 같지 않다. '구마?'하면 귀를 쫑긋하고 눈빛이 변해 달려올 만큼 가장 좋아하던 간식인 고구마로 유인해 봐도 별 반응이 없다. 그렇게 하루하루 힘이 빠져 가는 요미의 모습을 보며 가슴이 철렁한다.

아직 춥지 않은 2024년 11월, 그날도 평소처럼 현관문을 열며 요미를 부른다. 인기척이 없이 조용하다. 가서 보니 요미는 그 자리에서 누워있는 채로 꼼짝도 하지 않는다. 안아주려고 손을 뻗어봐도 미동이 없다. 배를 보니 겨우 숨만 쉬고 있는 것처럼 보인다. 그때 느낀 감정은 뭐라고 표현하기 어렵고 복잡했다. 언제나 곁에 있어 줄 것 같았다. 이제는 해줄 수 있는 게 거의 없다는 사실이 미안하고, 안쓰러운 마음이 가득했다. 그동안 바쁘다는 핑계로 많이 놀아주지도 못하고 시간만 흘러갔다는 생각에 계속 쓰다듬는다. 연신 '미안해, 사랑해'라는 말만 되풀이한다. 언제나 곁에서 건강하게 있을 줄 알았다. 어쩌면 다가올 이별을 알면서도 모른 척하고 싶었던 모양이다.

"명경아! 요미, 요미가 이상해!"

새벽 늦게까지 일을 하고 누웠는데 잡생각에 뒤척이다가 4시 반쯤 겨우 잠이 들었다. 엄마가 다급히 방 불을 켠다. 아침 7시 반이다. 아직 잠 정신이었지만 어쩐지 느낌이 안 좋다. 작은 목소리로 요미가 움직이지 않는다고 하신다. 나는 곧바로 이불을 걷고 몸을 일으켰다. 떨리는 마음으로 거실로 나가는 중에 잠을 깨고 정신을 똑바로 차리려고 눈을 비빈다. 요미를 자세히 들여다본다. 간밤에 힘겹게 호흡을 이어가던 요미는 어제의 모습 그대로 곤히 잠들어 있다. 마치 일주일에 한 번씩 오는 나를 보고 가려고 기다렸던 것처럼 말이다.

11월이지만 아직은 20도를 웃도는 따뜻한 온도, 춥지 않아 다행이다. 무지개다리를 건넌 요미가 좋아하는 밥을 많이 먹고 행복하기만을 바라며 다시 한번 작별 인사를 건넨다. 노을이 진다. 함께한 모든 순간, 존재만으로 힘이 되어준 순간이 얼마나 소중한지 깨닫는다. 요미와의 추억이 주마등처럼 지나간다.

오늘 하루는 왠지 더욱 소중하고 귀하게 여겨진다. 때로는 우리가 당연하게 여기는 평온한 일상이지만, 그 안에 수많은 선택, 노력과 용기가 숨어 있다. 이러한 과정들을 통해 비로소 살아있다는 의미를 깨닫게 된다.

언제 살아 있다고 느끼는가? 바로 지금이다.

나는 엄마 복이
넘치는 사람입니다

강혜진

꼬박 7년 연애한 남자 친구와 결혼하기로 했다. 이젠 그럴 때도 되지 않았냐며 좋은 날을 받아다 준 건 남자 친구의 어머니였다. 2009년 여름. 슬쩍 결혼 이야기를 먼저 꺼내던 남자 친구의 어머님은 즐겨 다니던 절에서 길일을 받아왔다고 하셨다. 2009년 12월 13일이 나의 결혼식 날짜였다.

여느 예비부부처럼 뭘 준비해야 하는지 신혼집은 어디로 구해야 하는지 고민이 많았다. 중요하지도 않은 것으로 열을 올리며 남자 친구와 참 많이도 다퉜다. 7년 사귀며 쌓은 추억들보다 결혼 준비하는 몇 달간 쌓인 나쁜 감정 때문에 우리는 어쩌면 평생 다시 못 볼 사이가 될 뻔했다. 모아놓은 돈도 없고, 부모님께 손 벌릴 형편도 아니었던 우리는 500만 원씩 모아 예식 준비를 하고 대출받은 돈으로 원룸에서 신혼생활을 시작하자 이야기했었다.

젊은 나이에 아버님만 보고 전라도에서 경상도로 시집온 어머님은 시할머니께 시집살이를 호되게 당했다 하셨다. 사업하는 남편을 만나 뒷바라지하느라 고생할 일도 많고, 삼 남매 기르느라 속상할 일도 많으셨을 텐데 어머님 얼굴에는 구김살이 없었다. 며느리가 될지 말지 모르는 나에게도 계절 바뀔 때마다 홍삼을 달여주며 정을 나누던 분이셨다. 맏아들을 교사로 잘 키워놓고 이제 선생 며느리도 본다고 좋아하셨더랬다. 당신은 아직 젊어서 손주 봐 줄 생각은 없었는데, 그래도 너희가 아이 봐 달라면 그럴 테니 걱정하지 말라는 말까지 하셨다.

그해 추석은 토요일, 개천절과 겹쳐 연휴가 무척이나 짧았다. 어깨 통증을 호소하던 어머님은 물리치료도 받고 마사지도 받다 효과가 없자 동네 작은 병원에 들러 X-레이를 찍었다가 더 큰 병원으로 가보라는 말을 들었다 하셨다. 스물두 살에 남편을 낳아 아직 큰누나같이 젊고 아름다웠던 어머님은 마흔아홉, 너무나도 아까운 나이에 폐암 말기 선고를 받으셨다. 방사선 치료와 항암치료 몇 번에 찰랑거리던 머리카락도 짧게 잘라버린 어머님은 폐암을 선고받은 지 두 달 만에, 쉰이 되어보지도 못한 채 허망하게 돌아가셨다. 그날이 11월 22일이었다.

그해 여름 남자 친구의 생일날, 어머님께 보내드린 꽃바구니가 마지막 선물이 될지 꿈에도 몰랐다. 꽃바구니 앞에서 찍은 사진이 영정 사진이 될지 아무도 몰랐다. 항암치료 전에 가족사진이라도 찍어두라는 말을 했던 내게 길길이 화를 내던 남자 친구가 생각난다. 그 말이 죽음을 준비하라는 것처럼 들렸을 테니 남편은 그때 내가 얼마나 원망스러웠을까. 결국 어머님은 가족사진 한 장 남기지 못하고 생을 마감하셨다. 바짝 머리를 깎고 병상에 누워있는 어머님께 우리 둘 이미 혼인신고 했으니 이제 나는 진짜 어머님 며느리라 말씀드린 지 채 보름이 지나지 않아서였다.

차마 목 놓아 울지도 못하고 정신 줄을 부여잡고 있는 남편 옆에서 장례식을 도왔다. 친정아버지께서 조문오신 날 나는 마치 친어머니를 잃은 딸인 양, 난생처음 소리 내 펑펑 울었다. 돌아가신 어머님과 남은 시동생들이 안 됐다는 생각보다 나는 참 엄마 복이 없다는 생각에, 결혼식도 올리기 전에 장례식부터 치르고 있는 딸을 보는 친정아버지께 미안한 마음에, 참았던 눈물이 터졌다. 엄마를 잃은 남편과 시동생들 사이에서도 나는 참 나만 생각하는 이기적인 며느리였다.

열한 살 되던 해, 부모님이 이혼한 후로 나는 줄곧 아빠, 할머니와 함께 살았다. 엄마 없는 설움을 알기에 교사가 된 이후에도 엄마 없이 아빠, 조부모와 사는 아이들을 보면 늘 마음이 쓰였다. 엄마가 없는 삶은 구멍 난 항아리를 끌어안고 사는 것과 같았다. 결코 채워질 수 없는 허전한 마음을 채우려 안간힘을 쓰는 것, 깊이를 모를 슬픔과 결핍을 잘 알기에, 이제 다 커서 엄마의 갑작스러운 부재를 겪는 시동생들에게도 마음이 쓰였다. 결혼식 날 신랑 측 하객이 모두 울음바다가 되었을 때, 신부 대기실에서 촬영한 영상에는 남편에게 엄마 역할까지 해 주겠다고 말하며 끝내 눈물을 흘리고 마는 내 모습이 기록되어 있다.

이미 재혼해 새로운 가정을 꾸린 나의 친정엄마는 어머님이 병원에 입원해 계시던 날 두둑한 돈봉투를 내밀며 서울 큰 병원 갈때 앰뷸런스 탈 일이 있으면 그 돈을 쓰라고 하셨다. 어렸을 적에 엄마 없는 설움을 안겨준 그녀가 돈 몇 푼으로 잘못을 씻어내려 하는 것 같아 그 돈을 받는 것이 내키지는 않았지만, 그동안 나에게 못해 준 엄마 노릇을 남편에게도 해 주겠다고 말하던 친정엄마의 마음이 진심이었다는 걸 이제 나도 안다.

결혼한 지 벌써 15년이 지났다. 15년째 시어머니의 제사상을 차렸다. 이제 시댁 식구들에게 불편한 말도 뒤끝 없이 할 수 있는 당찬 며느리가 되었다. 어머님이 살아계셨다면 시댁 식구들과 이렇게 이질감 없이 어울리고, 피를 나눈 가족같이 위하며 살 수 있었을까. 시어머니를 여의고 15년간 홀로 지내시는 시아버지는, 칠순을 바라보는 지금까지 삼십 년 넘게 혼자 지내시는 친정아버지와 너무나도 비슷한 처지라 더 마음이 간다. 말 한마디라도 따뜻하게 하고 전화도 자주 드리는 며느리가 될 수밖에 없는 이유다. 고 2, 한창 엄마 관심이 필요할 때 장례식부터 치러야 했던 철없던 나의 막내 시동생과 엄마와 제대로 작별의 시간도 나누지 못했던 시누이는 시어머니가 차려주시는 밥상을 이제 더는 받을 수 없게 되었으니, 내 친동생에게 하는 것보다 더 정성을 들여 시동생들과 마음을 나누려 노력한다. 남편에겐, 그래도 당신은 엄마 사랑을 충분히 받고 크지 않았냐고, 다 커서 엄마를 잃었으니 엄마 없는 유년 시절을 겪은 나부터 좀 봐 달라는 응석이 먼저 나온다. 이제 두 아이를 기르며 직장에서도 가정에서도 아빠의 몫을 제대로 하는 남편은, 어머님이 갑자기 돌아가신 이후부터 미래만 바라보며 현재의 행복을 뒤로 미뤄두는 어리석은 행동은 하지 않는다. 어찌 보면 마치 하루살이처럼, 열심히 자신의 몫을 하고, 소소한 행복도 가득 채워 빈틈없는 하루를 보낸다. 언제 어떻게 될지 모르는 인생, 하고 싶은 것이 있다면 지금 당장, 누구의 눈치도 보지 않고 해야 한다는 것이 그의 인생 모토다. 말은 그렇게 하면서도 가장으로서 적정한 선을 지켜가며 과하지 않게 인생을 즐길 줄 아는 남편이 참 멋있다.

이제 나도 두 아이의 어엿한 엄마가 되었다. 내가 아이들에게 잘하고 있다고 자신하는 것은 하나밖에 없다. 바로 엄마인 내가 아이들 옆에 있어 준다는 것이다. 당연한 걸 잘한다며 큰소리친다고 여길 사람이 있을지도 모르겠다. 그러나 당연하다 여겨지는 그 존재감이 누군가에게는 그토록 바라지만 채워지지 않는 것임을 알기에, 엄마로서 더 많이 사랑하고 더 오래 곁에 있어 주려고 한다.

엄마 복이 없다며 세상을 원망했던 내가 누군가에게 엄마로서, 그들이 엄마 복 있는 인생을 살 수 있도록 굳건히 내 역할을 다하고 있음에 감사하다. 부모의 정이 부족한 우리 반 아이 몇 명을 집에 와서도 계속 걱정하는 엄마를, 기꺼이 양보하고 나누어줄 수 있는 이해심 많은 내 아들딸에게도 감사하다.

　고난이 축복이라는 말을 믿는다. '엄마'의 결핍은 나에게 엄마가
얼마나 고마운 존재인지 깨닫게 해주었다. 엄마가 없는 주변 사람
들을 진심으로 돌볼 수 있는 태도를 갖추게 해주었다. 엄마가 없
는 아이들의 담임이 되었을 때, 엄마가 없는 남편의 아내가 되었
을 때, 그리고 시어머니가 부재한 시댁의 며느리, 올케언니, 형수님
이 되었을 때, 그 모든 것을 잘 버티고 감당해 내라고 신이 미리
나에게 예행연습을 시킨 것은 아니었을까 생각하니 어린 시절의
아픔과 슬픔이 헛된 것이 아니었음을 받아들일 수 있게 되었다.
　채워지지 않았던 엄마의 사랑을, 내 아이에게도, 주변 사람들에
게도 나눌 수 있는 엄마가 되었으니 나는 세상에서 엄마 복을 가
장 진하게 누리는 엄마가 아닌가 생각해 본다.

심장아, 고마워

고지원

　이지선 씨가 쓴 '지선아 사랑해' 책을 처음 접한 건 고등학생 때였다. 하루아침에 불의의 자동차 사고로 심한 전신 화상을 입고 육체적, 정신적 고통을 경험한 그녀. 사고 전 아름다웠던 23세 대학생 모습과 대비되는 사고 후 화상을 입은 얼굴 사진에 가슴이 아팠다. 사고로 하지 마비가 된 박위 씨를 유튜브를 통해 보면서도 비슷한 슬픔을 느꼈다. 하지만 죽음의 문턱에 다녀온 그들이 공통적으로 이야기하는 것은 살아 있다는 것에 대한 감사함이었다. 이지선 씨는 책과 강연을 통해, 박위 씨는 '위라클'이라는 유튜브 채널을 통해 누구보다 삶을 기쁘게 살아가는 용기를 사람들에게 전파하고 있다.

　살아 있다는 것. 어쩌면 내가 살면서 가장 많이 잊어버리는 사실이 아닐까? 우연히 당첨된 오천 원짜리 로또보다 훨씬 더 기뻐하고 감사해야 할 일인데 말이다.

나에겐 고소공포증이 있다. 30층 이상 높이에 올라가서 아래를 내려다보면 다리가 후들거린다. 떨어지는 상상을 하면 온몸이 산산이 부서질 것 같은 공포감이 든다. 그래서 비행기 이착륙 순간에 긴장을 많이 하곤 한다. 항공사를 다니신 아빠 덕분에 비행기는 내게 친근한 존재였다. 하지만 "비행기는 이륙 3분, 착륙 3분 빼고는 다 안전해."라는 말을 들은 이후로 이착륙 시간은 삶과 죽음의 통로와 같은 순간으로 느껴졌다. 기장의 이륙 안내 방송과 함께 비행기가 활주로를 전속력으로 달리는 순간, 바퀴의 속도와 비행기의 떨림이 내게 전달되며 공포가 시작된다. 기체가 공중으로 가파른 각도를 형성하며 올라갈 때면 난 눈을 질끈 감고 의자 손잡이를 양쪽으로 꼭 쥐고 성모송을 외운다. 가톨릭 신자이지만 그때만큼은 모든 신들을 소환해서 3분만 살려 달라고 기도한다. 착륙 전 구름을 뚫고 기체가 하강하면서 성큼성큼 땅과 가까워지는 것을 느낄 때도 마찬가지다. '이번만 살려주시면 정말 은혜를 잊지 않겠습니다!'라고 외친다. 비록 살고 싶은 절실한 마음은 비행기가 무사히 목적지에 도착하면 눈 녹듯 사라지지만, 비행기 탑승은 내가 살아 있다는 것을 가장 감사하게 느끼는 순간임은 분명하다.

"부모님, 너무 마음 아프시겠지만, 우리 아기 이제 보내 줄 시간이 된 것 같아요. 안아 보실 수 있도록 해 드릴게요."
"우리 아기 너무 고생했어. 사랑해. 우리 이다음에 꼭 또 만나자! 사랑해, 우리 아기."

처음 아이를 안아 본 엄마가 흐느낀다. 곁에 있던 아빠는 엄마를 감싸안고 아기의 발을 만져본다. 미숙아로 태어나 짧은 생을 살고 이별을 준비하는 아기의 몸이 창백하다. 하지만 엄마 품에 안긴 이 순간만큼은 아기도 따뜻하리라. 심박수를 보여주는 모니터가 일자 모양을 그리며 요란한 알람을 울린다.

"○○ 아기, 2시 30분 사망하였습니다."

나에게도 고통스러운 시간이다. 아기 몸에 연결되어 있던 모든 것들을 제거하고 몸을 깨끗하게 닦아준다. 그리고 흰색 천으로 작은 아기를 고이 싼다. 천의 매듭은 리본 모양으로 마무리한다. 부모는 흰 천에 쌓인 아기를 다시 안는다. 한 부부에게 큰 선물이었을 아기가 그렇게 세상을 떠났다.

의사는 죽음을 많이 접하는 직업이다. 난 신생아 의사의 특성상 아이들, 그중에서도 태어난 지 한 달도 안 된 아기들의 죽음을 종종 목격한다. 그런 가슴 아픈 이별을 경험하고 나면 집에 있는 내 아이들이 생각난다. 임신 3개월에 첫아이를 유산하고 두 달 뒤 지금의 딸이 생겼을 때, 그저 건강하게만 자라달라고 기도했었다. 3년 뒤 둘째 아들이 생겼을 때도 마찬가지였다. 그 아이들이 지금은 무럭무럭 자라 어느덧 예비 중학생과 고등학생으로 성장했다.

"숙제는 제대로 했니?"

"옷 좀 제대로 벗어놓지 못하겠니?"

앙칼진 내 목소리가 집안을 가로지른다. 끊임없는 잔소리 속에

예전의 기도는 온데간데없다. 아침에 자는 아이를 흔들어 깨울 수 있음이, 학교 가는 아이의 뒷모습을 바라볼 수 있다는 것이 얼마나 큰 행복인지 왜 나는 자꾸 잊는 걸까? 내가 엄마로, 또 아내로 살아 있음에 왜 감사한 마음을 갖지 못하는 걸까?

2024년 4월, 딸이 다니는 중학교에서 주최한 '심리학으로 알아보는 자녀 마음 설명서'라는 학부모 교육에 참석한 적이 있다. 50여 명이 참석했고, 자녀의 스마트폰 사용 고민, 주의력 결핍 증상 상담 등 다양한 주제의 이야기와 질문이 이어졌다. 강의 마지막에 강사님이 한 어머니를 지목하며 한 가지 제안을 하였다.

"민준이 어머니, 제가 하는 말은 가상의 설정이니 기분 나빠하지 마시고 들어주세요. 어느 날 어머니께 전화가 옵니다. 여기 경찰서인데요. 민준이 어머니시죠? 아드님이 학교 앞 횡단보도에서 교통사고로 사망하였습니다. 병원으로 오셔야 할 것 같아요. 자, 어머니 어떤 생각이 드세요?"

미처 생각해 보지 않았던 사랑하는 아이의 부재. 순간 정적이 흘렀고 몇몇 학부모들의 흐느끼는 소리가 들렸다. 내 심장도 요동쳤다. 상상만으로도 온몸에 힘이 풀리고 앞이 깜깜해졌다. 아이에 대한 걱정보단, 존재 자체를 사랑하고 보듬어 주라는 강사님의 말이 큰 울림으로 남았던 시간이었다.

삶과 죽음은 마치 동전의 양면 같아서 서로를 바라보지 못한다.

하지만 아이러니하게도 죽음을 생각할 때 삶을 떠올리곤 한다. 마치 뗄 수 없는 단단한 고리처럼. 사고나 자연재해로 뉴스에서 안타까운 사고를 마주할 때, 지인들의 부고를 들었을 때, 병원에서 환자들을 볼 때 등등 부끄럽지만 그렇게 타인의 삶을 통해 살아 있다는 것에 안도하고 감사함을 느껴 왔다. 하지만 그런 감정은 오래가지 않았다. 아침에 눈을 뜨고, 먹고, 숨 쉬고 하는 일은 그저 당연하고 자연스러운 일상이었다. 올해 초, 건강했던 아빠가 갑자기 대장암 진단을 받으셨다. 그동안 당연하게 여겨져 왔던 것들이 당연하지 않을 수도 있다는 것에 정신이 번쩍 났다. 사랑하는 사람과의 이별은 누구에게나 공평하게 찾아온다는 사실을 잊고 지냈던 것이다. 가족들과 함께하는 하루하루가, 머리를 맞대고 먹는 식사 시간조차도 너무 소중하게 느껴지기 시작했다. 등이 붙어있는 동전의 양면처럼, 죽음도 늘 삶과 함께 걸어가고 있었다.

2024년 버킷리스트 중 하나였던 설악산 대청봉 오르기를 10월에 달성했다. 설마 비가 오려나 했는데 아침부터 세찬 비가 쏟아졌다. 하지만 도전하기로 했다. 우비를 입고, 모자를 쓰고, 오색 코스 능선을 따라 무수한 오르막을 올라 대청봉에 도착했다. 정상에서 먹은 김밥의 맛은 정말 최고였다. 하산까지 총 8시간 20분의 산행. 비록 근육통으로 며칠 고생했지만, 설악산의 공기를 마시고 멋진 풍경을 볼 수 있음에 감사한 시간이었다.

잠든 아이들의 편안한 얼굴, 출근길에 밟히는 낙엽의 바스락 소리, 새파란 가을 하늘 아래 선선한 바람, 책을 보며 마시는 커피의 향기까지. 순간이, 오늘 하루가, 눈부시게 소중하다.

'심장아, 고마워. 살아 있게 해 줘서!'

특별한 오늘, 그리고 지금

김진하

수능으로 바뀌기 전 마지막 학력고사. 시험 볼 때마다 부담감으로 속이 뒤집혔다. 학력고사를 두 달 남기고 집이 분당으로 이사하면서 학교가 있는 목동까지 2시간 넘는 통학길에 지쳤던 나는 몸무게가 5kg 넘게 빠졌다. 담임선생님의 추천으로 안전하게 지원했던 서울의 H 대학은 40 대 1의 경쟁률을 보였고, 거짓말처럼 입시에 실패했다. 그냥 집 가까운 대학에 들어갔다. 재수하지 않은 것이 그나마 다행이었다. 겨울 방학을 마음 편히 보내며 나는 포동포동하게 살이 올랐다.

입학 전 참가한 식품영양학과 OT에서 개성이 강한 동기와 선배들을 만났다. 재수하느라 인생을 다 살아 본 듯 말하는 동기, 술을 잘 마시는 동기, 끌어주겠다는 의지를 보이는 선배님들. 새롭게 펼쳐질 대학 생활이 기대되기 시작했다. 개강하자 꽉 짜인 시간표가 기다렸지만, 대학에 들어왔다는 안도감에 가끔은 수업을 땡땡이치고 친구들과 어울렸다. 동아리 활동으로 교양체육의 실기 과목이기도 한 테니스부에 가입했다. 여고를 나와 여학생만 다니는 과에 들어왔으니, 동아리에서만큼은 남학생도 보고 싶었다. 테니스부는 운동하는 동아리라 남학생이 많지 않을까 기대했지만 아쉽게도 신입 대부분이 여자였다. 가정학, 식품영양학, 유아교육학, 의상학, 치위생학. 우리 대학은 여학생만 다니는 과가 유독 많았다. 몇 안 되는 동아리 남자 신입생은 선배들이 테니스를 알려 주며 직접 챙겼다. 여학생들은 혼자서도 가능한 테니스 자세 연습이나 벽치기를 주로 해야 했다. 하지만 운동 후에는 다 같이 모여 막걸리 파티를 열었다.

2학년 때 보는 테니스 실기 시험이 끝나자, 동아리의 여학생 수가 빠르게 줄었다. 하지만 군대에 다녀와서 복학하는 선배님들과 신입생이 새로 합류하면서 동아리에는 활기가 넘쳤다. 인쇄과 덕용이도 신입으로 들어왔다. 헝클어진 삐죽 머리에 독특한 염주 팔찌를 차고 다녔다. 절에 다니는 내 또래는 처음이라 신기했다. 집 방향이 같아 버스를 함께 탈 때면 절은 처음에 어떻게 들어가는지 어떤 교육을 받는지 같은 궁금한 것들을 물었다. 나도 덕용이에게 대학교 주변 맛집, 학교 아르바이트 신청하는 법, 여름 동아리 MT에서 하는 장기 자랑 등 대학 생활 정보를 알려주며 친해졌다.

5월에는 대학교 축제가 열렸고, 동아리 대표로 축제 운영 도우미 활동을 하게 되었다. 단체복을 맞춰 입고 낮에는 축제 진행을 하고, 밤에는 축하공연에 온 가수를 둘러싸고 경호를 했다. 가장 가까이에서 가수를 보고, 노래를 듣는 건 특권이었다. 무엇보다 여러 과와 동아리에 아는 사람들이 생겨 활동하는 범위가 넓어졌다. 여름 방학에 총학생회에서는 여러 대학과 연합하여 대규모 농촌봉사활동을 계획하고 있었다. 도우미를 함께 했던 친구들은 이미 농활 참여 신청서를 냈다고 했다. 나도 농활에 가고 싶었지만 하필이면 동아리 MT와 출발하는 날이 같았다. 농활과 MT 중 어디에 갈지 고민됐다.

MT 신청 마감날 덕용이가 날 찾으러 학생회관으로 오는 것이 보였다. '같이 MT 가자고 하겠지' 싶어 피했다. 이미 농활에 가기로 마음먹었지만, MT에 못 간다고 말하기가 미안했다.

며칠이 지나 덕용이에게 전화가 왔다. 다른 후배 한 명과 MT에 다녀와서 바로 농활에 합류하겠다고 했다. 맘 상했을까 봐 걱정했는데 다행이었다. '오면 잘 챙겨줘야지' 했다.

장마가 이어지던 6월 말. K 대학교 운동장에 대형 버스들이 속속 모여들었다. 여러 대학에서 온 학생들이 학교 깃발을 들고 농촌 봉사활동 개막식 행사에 참여했다. 운동장 가득 장엄한 운동권 노래가 울려 퍼졌다. 다 함께 구호를 외치고, '새세대 청춘 송가'를 불렀다. 행사가 끝나자 정신 무장을 완료한 우리는 각지로 흩어졌다. 여주의 한마을에 도착한 첫날, 이장님은 모판을 나르자고 했다. 물먹은 모판을 하나 드는 것도 힘든데 두 개, 세 개를 뭉쳐서 나르라니. 극기 훈련이 따로 없다. 장마철 높은 습도에 땀이 비 오듯 쏟아졌다. 기계가 못 들어가는 논에 모판을 옮기고, 고추 따는 것도 도왔다. 병든 고추는 버리고 노란 플라스틱 바구니에 빨간 것만 따서 담았다. 바구니가 가득 차면 경운기로 실어 날랐다.

수확이 끝난 고추밭의 철근 지지대까지 뽑아야 일이 마무리되었다. 고된 일을 하고 들어오면 밥과 반찬도 직접 만들었다. 농활은 동네에서 얻어먹는 것이 아니라 가져온 것을 먹고, 일을 도와주고 가는 것이 규칙이다. 일도 식사 준비도 힘든 것을 경험하니 새삼 엄마가 생각나고 감사하다. 힘든 와중에도 우린 썰어놓은 깍두기 무가 세모라 웃고, 수제비에 넣을 밀가루 반죽이 끊어지지 않는다고 웃었다. 일하다 먹는 찐 옥수수와 달걀, 뻥튀기 간식은 꿀맛이었다. 쉬는 시간에 운동권 선배님들은 정부에 대한 비판과 우루과이라운드 쌀 개방 반대 문제를 이야기했다.

그렇게 농활의 4일째, 갑자기 총학생회 간부들이 모여 웅성거리기 시작했다. 일이 생겨 다급히 학교로 돌아가야 한단다. 그런데 회장은 이유도 알려주지 않고, 나에게도 같이 가자고 했다. 의아했다. '내가 왜? 임원도 아닌데.' 동아리에 문제가 생겼다는 이야기가 어렴풋이 들렸다. 어젯밤에 곧 농활에 올 덕용이와 후배에게 미안함과 감사함을 담은 편지를 써놓았다. 불안하다.

총학생회장, 부회장과 함께 버스를 탔다. 점심때가 한참 지나 성남 터미널에 내린 우리는 바로 앞 해장국집에 들어갔다. 회장이 선지해장국 세 개를 시켰다. 무거운 분위기에 선지를 못 먹는다는 말을 못 하고, 국물 몇 숟가락을 떠먹었다.

학교에 도착한 나는 바로 동아리방으로 향했다. 이미 MT를 마치고 온 선배와 후배들이 테니스를 치고 있었다. 농활에 합류하기로 했던 후배 둘을 찾는데 보이지 않았다. 그때 동기 지영이가

MT에서 일어난 사고를 알려주었다. 덕용이가 수영이 미숙한데 멀리까지 나갔다가 파도에 휩쓸렸다고 했다. 구하려던 사람들도 같이 빠져서 병원에 입원했는데 덕용이는 끝내 구하지 못했다고 말끝을 흐렸다. 멍했다. "근데 왜 이러고 있어? 사람이 죽었는데. 너무 세상이 그대로잖아." 살아있는 모든 것이 갑자기 낯설게 느껴졌다. 덕용이가 동아리방에 다시 못 온다는 것도 실감 나지 않았다.

집에 와서 일주일 동안 계속 잠을 잤다. 커튼을 친 컴컴한 방에 누워서 생각했다. 이대로 계속 자면 나에게도 내일 아침이 안 오지 않을까. 계속 눈물이 났다. 그래도 달라지는 건 없었다. 세상도 그대로였다.

학기가 시작되자 다시 수업을 듣고, 과제를 내고, 시험을 치르는 평범한 일상의 시곗바늘이 돌아갔다. 졸업을 앞두고 12월에 식품회사에 빠르게 취직했다. 일하면서 영양사 면허시험도 준비하느라 바빴다. 다음 해 졸업식을 했고, 오랜만에 동아리에 들를 수 있었다. 졸업식에서 다시 만난 동아리 사람들과 학사모를 쓰고 추억이 깃든 테니스 동아리 곳곳에서 사진을 찍었다. 졸업 파티도 함께 했다.

대학을 졸업하고 10년쯤 뒤에 테니스 동아리에서 동문회 초대 문자를 받았다. 같은 동아리 친구 현숙이와 함께 동문회에 참석했다. 오랜만에 본 동기들이 반가웠고, 선배님들도 학교 다닐 때와 다름없이 유쾌했다. 소소하게 사는 이야기를 나누며 다음에는 가족도 데려와서 다 같이 만나자고 했다. 바쁘게 살다 보니 약속을 지키지 못하고 시간이 흘렀다. 다시 10년이 지나 동아리에서 새롭게 만든 단톡방에 초대됐다. '잊을 만하면 초대하네' 하며 카톡에 있는 사람들을 쭉 훑어봤다. 지금 보니 모인 대다수가 사고를 함께 겪은 사람들이었다. 문득 '동아리 사람들도 이렇게 오랫동안 모여 그 친구의 죽음을 함께 애도하고 있었던 건 아닐까싶은 생각이 들어 마음이 복잡했다.

너무 많이 후회하고, 자책하고, 되돌리려 해도 되지 않던 그때의 사고가 지금도 거짓말 같다.

'내가 만약 농활 대신 MT에 갔더라면 그 사고가 일어나지 않았을까?' 덕용이 손금을 봐주며 생명선이 끊겼다고 놀렸던 것도 내내 마음에 걸렸다.

해마다 6월 말이면 추모일처럼 기억한다. 누구나 불현듯 죽음을 마주칠 수 있다는 것, 살아 있는 지금이 당연한 것이 아니라는 것을 새삼 느낀다. 스무 살에 죽음을 맞지 않고 살아있는 나는 한 해를 얼마나 잘 채워왔는지를 생각한다.

나는 가정을 이뤄 두 아이를 낳았고, 하고 싶은 공부를 하며 여러 곳에서, 많은 사람을 만나 함께 일했다. 즐겁고, 보람찬 기억들이 고통을 이겨낸 시간 위에 차곡차곡 쌓였다.

오늘 하루가 소중하다. 누군가는 살아보지 못한 오늘, 지금, 현재를 사는 나는 이 시간을 더 의미 있고, 아름답게 채워야 할 것 같아서다.

1-5

키가 왜?

김하세한

글쓰기 챌린지를 한다. 『당신에게 좋은 소식을 전해줄게요』라는 에세이집을 통해 삶을 포기하고 싶은 사람들에게 희망과 용기를 주는 권글 작가님을 중심으로, 글쓰기에 관심 있는 사람들이 모여 100일 동안 글쓰기를 진행한다. 이 챌린지는 단순한 글쓰기 연습을 넘어, 서로의 이야기를 공유하고 긍정적인 영향을 주고받는 것을 주된 목적으로 하고 있다. 필사를 제외한 자신만의 글을 노트에 필기하여 사진을 찍어 올리기, 소셜 계정에 업로드하고 공유하기, 채팅방에 바로 쓰기 등 다양한 방법으로 자신만의 글을 기록하고 인증하는 과정을 통해 지속적인 글쓰기 습관을 형성할 수 있다. 그 과정에서 나의 내면을 탐구하는 소중한 경험을 하고 있다. 참여자들은 쓰고 싶은 주제를 선정하여 '매일 쓰는 습관 만들기'를 목표로 하고 있다. 그러나 이번 챌린지는 조금 다른 결을 가지고 있다. 자유주제에서 벗어나 매일 아침 6시마다 질문 형식의 주제가 공개된다. 주제를 확인할 때면 시험지 받아 든 학생처럼 콩닥콩닥 두근거린다.

  며칠 전, '어린 시절 꿈꾸었던 나와 지금 나의 모습은 무엇이 다른가요?'란 질문을 받자마자, '키가 달라졌다.'라는 답이 떠올랐다. 누구나 키가 달라진다. 성장하면서 자란다. 그럼에도 키가 달라졌다고 대답하는 것은 어쩌면 우스꽝스러울 수 있다. 노력을 통해 크는 것도 아니고 성장에 특이 사항이 없다면 누구나 키는 자연스럽게 자란다. 그러나 나의 키 성장은 예외라고 생각했다. 고등학교에 입학할 때까지도 무척이나 작았다. 친구들과 비교하여 머리 하나는 없을 정도로 눈에 띄게 작았다. 오죽하면 초등학교 때 입학하면서 들고 다녔던 신발주머니를 손에 들기보다는 질질 끌고 다녔을 정도였다. 그러다 보니 바닥이 먼저 닳을 수밖에 없었다. 교실 자리 배정에서 맨 앞자리는 나의 지정석이 되었다. 고등학교 1학년 때까지 그랬다. 키가 작아서 일부러 키 큰 친구들과 사귀었다. 그 덕분에 혹시 나도 친구를 닮아 키가 크지 않을까 기대했었다. 불편한 점은 없었다. 단지 작은 키가 싫었다. 어느 날 잠에서 깨면 기적처럼 한 뼘씩 자라나지 않았을까 기대했지만, 그런 일은 절대로 일어나지 않았다. 아버지와 엄마 모두 키가 크신데 왜 나는 이렇게 작은지 이해할 수 없었다.

  고등학교 2학년이 되면서 드디어 교실 앞자리에서 탈출했다. 그 당시 라면이 왜 그렇게 맛있었는지. 엄마에게 혼이 나면서도 하루

종일 먹고, 몰래 야식으로 또 먹었다. 군것질을 좋아하지 않는 나에게 라면은 주식이자 간식이었다. 하루 종일 라면을 먹은 덕분일까? 매달 1cm씩 쑥쑥 자라는 느낌이었다. 2학기가 되니 자리도 중간으로 밀려났다. 친구 중에는 이미 성장을 멈춘 친구들도 많아, 나도 덩달아 자리 뒤로 밀려가는 데 한몫해주었다. 중간에 앉은 기쁨은 세상을 얻은 기분이었다. 다만 칠판과의 거리가 멀어져서 수업에 집중하기는 힘들었다. 키는 계속 자랐고, 자리는 더욱 뒤로 밀려났다. 3학년 2학기가 되니 드디어 맨 뒷자리로 이동했다. 지금 나의 키는 크다. 어릴 적 작았던 키를 보상받기라도 하듯 하이힐을 즐겨 신는다. 그러면 175cm는 거뜬히 된다. 키가 크다고 특별히 좋은 점은 없지만, 그래도 키가 큰 것이 좋다. 어린 시절의 작은 키는 가족과의 차이로 인한 심리적 피해의식으로 작용했지만, 이제는 그 과정을 지나 자신을 인정하고 사랑하게 되었다. 그래서 나의 키는 단순한 신체적 변화가 아니라, 성장기 동안의 감정과 이야기를 담고 있다.

초등 3학년 여름, 한참 더웠던 8월의 어느 저녁나절이었다. 엄마는 동네 아주머니들과 함께 밭일을 하고 계셨다. 나는 근처에서 친구와 토끼풀꽃으로 목걸이를 만들고 있었다. 그때 두런두런 이야기하는 나누는 소리가 들려왔다. 옆집 아주머니 목소리였다.

"그 집은 둘째가 제일 못생겼어. 다른 애들과는 전혀 닮지 않은 것 같기도 하구."

"그렇지 뭐, 애가 많으니 이놈, 저놈 다 제각각이지."

엄마는 옆집 아주머니의 말에 부정하거나 반박하지 않았다. 가족들과 다르다는 말과 못생겼다는 말은 내가 가장 싫어하는 말이었다. 화를 참을 수가 없었다. 생각할 겨를도 없이 아주머니를 향해 달려가서 내가 낼 수 있는 가장 큰 목소리로 말했다.

"아줌마! 나보다 아줌마 딸이 더 못생겼어요! 누구를 보고 못생겼다고 하는 거예요?"

어디서 그런 용기나 났는지 모르게 고함을 쳤다. 엄마에게 죽도록 혼이 났다. 내가 그렇게 대들었으니 당연한 결과였다. 그러나 속에서는 잘못했다고 생각하지 않았다. 그 일이 있고 난 뒤, 나는 그 아주머니에게 인사도 하지 않고, 심지어 마주칠 때마다 눈을 흘겼다. 지금 생각해 보면, 아주머니는 얼마나 황당하고 당황하셨을까. 아마 기가 막혔을 거다. 지금도 시골에 가면 가끔 마주치는데, 아주머니는 빼먹지 않고 이렇게 말씀하신다.

"어유, 내가 쟤 무서워서 당최 남 얘기 안 한다니까." 그러면서 웃으신다. 당시 나에게 그 말은 상처에 소금을 뿌리듯이 쓰리고 아팠던 기억이다. 작은 키, 못생긴 외모, 형제자매와 다른 모습. 아무도 건드리지 않았으면 했던 아킬레스건이었다.

외모 콤플렉스는 30대까지 나를 따라다닌 불편한 그림자 같았다. 형제자매와 비슷해 보이고 싶어 애쓰기도 했지만, 결국 소용없는 일이었다. '왜 나는 이렇게 열심히 애쓰고 있지?'라는 생각이 자꾸 들었다. 그래서 결심했다. 이제는 나다운 모습이 무엇인지 찾기로. 결혼하면서 조금씩 변화하는 나를 발견하기 시작했다. 시아버지는 내가 하는 말이 무조건 맞다고 믿어주셨고, 심지어 내가 팥으로 메주를 쑤면 메주는 팥으로 쑤는 것이 된다고 하실 정도였다. 남편은 더욱 심했다. "세상에 자기보다 예쁜 사람은 없어!"라고 떠벌떠벌하곤 했다. 그 말이 입에 발린 소리란 걸 알면서도, 들을 때마다 속으로는 좋으면서 겉으로는 입을 삐죽거렸다. 형제자매와 비교하며 생겨난 상처가 결혼으로 만들어진 새로운 가족 덕분에 조금씩 사라지고 있었다. 마음의 상처가 생긴 이유도 모른 채 보낸 시간이 얼마나 어리석었는지 깨달았다. 세상으로 나아가기 전에, 가족이라는 울타리 안에서 사랑이 아닌 상처로 혼자 웅크리고 살았던 것이다. 하지만 사랑의 상처는 또 다른 사랑으로 치유된다는 것을 알았다. 혼자만의 상처는 남편과 자식들 안에서 아물어 갔고, 오히려 성숙한 마음이라는 아름다움까지 피워 냈다.

혹시라도 나와 비슷한 경험으로 아직도 헤어나기 힘든 사람들을 만나게 된다면, 꼭 이야기해 주고 싶다. '우리 각자 안에는 이미 빛나는 크리스털이 존재한다'라는 이야기이다. 이 크리스털은 단순히 잠자고 있는 것이 아니라, 우리가 인식하고 꺼내어 사용할 수 있는 무한한 잠재력으로 가득 차 있다. 많은 사람은 자기 내면에 숨겨진 이 크리스털의 존재를 모른 채 살아간다. 과거에 내가 가졌던 콤플렉스는 결국 내가 만들어낸 허상에 불과했음을 깨달았다. 내가 자신을 제한하며 만든 이미지가 나를 괴롭혔다. 그러나 시간이 지나면서 그때의 기억이 나를 찾는 데 큰 도움이 되었고, 덕분에 나는 더욱 단단한 사람으로 성장할 수 있었다. 누군가의 말에 흔들리지 않고 내 가치를 인정하는 것이 얼마나 중요한지를 알게 되었다. 자기 내면을 바라보는 과정에서 우리는 자신만의 빛을 찾을 수 있다. 이렇게 찾은 빛은 우리의 자존감을 높이고, 자신감 있는 삶을 살아가는 데 큰 힘이 되어준다.

모든 경험은 나의 성장 여정 속 한 페이지가 되어, 나를 지켜주는 힘이 되었다. 과거의 아픔과 고통은 결국 나를 더욱 강하게 만들어준 성장의 밑거름이 되었다. '우리는 찰흙을 덧붙여 만드는 소조의 작가가 아니다. 이미 갖추고 있는 크리스털을 찾아 조각하는 조각가이다.' 〈언리쉬〉의 조용민 작가의 말처럼, 내 안에 내재한 크리스털을 믿고, 자신의 삶을 조각해야 한다. 그리고 이 생각을 행동으로 옮기는 것이 무엇보다 중요하다. 지금 바로 실천해보자. 작은 행동 하나가 큰 변화를 불러올 수 있다. 매일 조금씩 자기 내면을 돌아보고, 나만의 크리스털을 찾아내는 여정을 시작하자. 그 과정에서 우리는 더 나은 나를 만날 수 있을 것이다.

꿈과의 대화

김효진

밤사이에 즐거운 꿈을 꾸고 일어난 날은 하루 종일 그 내용을 곰곰이 생각하곤 한다. 간혹 범상치 않은 꿈을 꿀 때도 있다. 예를 들면, 사람들이 엄청 많은 장례식장에 간 꿈이라던가 큰 보석을 선물 받는 꿈, 혹은 먹어도 먹어도 줄지 않는 칼국수를 먹는 꿈 따위이다. 그땐 아침에 눈을 뜨자마자 해몽을 인터넷에서 찾아본다.

꿈의 내용이 길몽일 때는 좋은 일이 일어날 것 같은 예감에 귀한 선물을 받은 것 같다. 길몽이 아닌 경우에는 당분간 행동을 좀 더 차분하게 해야겠다고 생각한다. 무리하게 일을 진행하지 말아야겠다는 다짐도 한다. 꿈은 자고 일어나도 잊히지 않고 깨어있는 순간에도 계속 영향을 미친다.

30대 초반 무렵, 꿈을 매개로 심리 상담을 받았던 적이 있다. 교사 생활을 시작하면서 지병인 크론병으로 건강에 적신호가 켜졌고, 그로 인해 겪어야 하는 삶의 고통을 감당하기가 어려운 시기였다. 친한 친구의 소개로 정신분석학을 전공하신 원로 상담가 J 선생님을 뵙게 되었다. 그때 우리 집은 청주시였는데 상담을 받기 위해 경기도 부천시까지 가야 했다. 시외버스로 두 시간이 걸렸다. 시간도, 거리도 가깝지 않았지만 꿈을 통해 마음을 들여다본다는 것이 흥미로워 왕복 네 시간 길을 나설 결심을 했다. 친구의 언니도 상담을 받고 삶의 중요한 문제들을 해결하게 되었다는 이야기에 망설임 없이 먼 길을 나섰다.

상담 선생님을 처음 만나기로 한 날, 태풍이 휘몰아쳤다. 장의 염증으로 병원에서 면역억제제 주사 치료를 받고 있던 때라 몸 컨디션이 좋지는 않았는데도, 상담 시간을 바꾸고 싶지는 않았다. 이미 상담 선생님께 연락드리고 시간도 정한 터라 약속을 바꾸는 것은 예의가 아니라고 생각했다. 거센 바람에 우산이 금방이라도 뒤집힐 것 같았다. 택시를 타고 터미널에 가서 표를 끊은 후에 시외버스에 몸을 실었다. 빗방울이 차창에 세차게 부딪혔다. 온 세상을 씻어 내는 비바람이 꼭 내 마음을 씻어 주는 것 같았다. 창밖의 풍경을 바라보니 아직 상담을 받기도 전인데도 무거운 마음이 조금씩 가벼워졌다. 이 태풍이 지나가고 나면 분명 내 마음에도 고요함이 찾아올 거라는 희망이 부천 가는 버스 안에서 꿈틀대기 시작했다.

상담을 받기로 한 곳은 J 선생님 댁이었다. J 선생님은 대학교수에서 은퇴 후 일반인의 개인 상담뿐만 아니라 임상 상담가로 일하는 사람들의 상담까지 맡고 계신다고 들었다. 지도를 보며 낯선 부천의 거리를 걸었다. 목적지에 가까워질수록 비가 조금씩 잦아들었다. 아파트 입구에서 잔뜩 긴장한 마음으로 벨을 눌렀다. '딩동' 하는 벨소리가 유난히 경쾌하게 느껴졌다.

J 선생님은 따뜻한 인사를 건네며 문을 열어 주셨다.

"어서 와요."

"안녕하세요, 선생님."

아늑한 방으로 들어갔다. 벽에 걸린 그림들이 눈에 들어왔다. 그중 샛노란 색으로 표현된 추상화에 유독 더 눈길이 갔다. 색에는 공간을 장악하는 힘이 있다. 그것을 바라보는 사람에게 상상력을 불러일으키곤 한다. 낯선 공간에서 넓은 책상을 사이에 두고 선생님과 마주 앉았다. 원목 의자가 유난히 튼튼하고 편안하다고 느껴졌다. 선생님은 성격과 심리를 분석하는 검사지를 내미셨다. 객관식 문항의 개수가 제법 많았다. 검사를 마치고 나서 꽤 오랜 시간 대화를 나누었다. 현재 내 상황과 어떻게 여기까지 상담을 받으러 오게 되었는지 차근차근 말씀드렸다. 내 이야기를 하는 것만으로도 마음이 한결 가벼워지는 것 같았다.

대화를 마치고 나서 숙제를 하나 받았다.

"다음 주까지 매일 꾸는 꿈들을 수첩에 자세히 적어 오세요. 그 꿈에 관한 이야기들을 나누려고 해요."

그 후, 일주일 동안은 평소보다 더 많은 꿈을 꾸었다. 기록해 놓지 않으면 컵의 물이 증발해 버리듯 잊히는 꿈. 잠에서 깨자마자 꿈꾼 내용을 수첩에 적었다. 그중에 가장 인상적인 것은 죽음에 관한 것이었다. 나는 꿈에서 스스로의 죽음을 목격했다. 잠에서 깬 뒤에도 공포감이 쉬이 가시질 않았다.

일주일이 지나고 다시 선생님을 뵈러 갔다. 한 번 다녀간 곳이라 그런지 낯선 도시도, 상담 선생님의 집도 한결 익숙해졌다. 선생님의 목소리는 그날따라 더 따뜻하고 부드러웠다. 그동안 상담해온 경력에서 풍기는 따뜻함인지, 아니면 J 선생님이 원래 따뜻한 분이신지 알 길이 없다. 그러나 따뜻한 인상보다 나를 더 편안하게 만들어주는 것이 선생님의 목소리 덕분이라는 것은 분명했다.

수첩에 적힌 여러 꿈 중에 죽음에 관한 내용을 가장 먼저 말씀드렸다.

"꿈에서 죽은 제 모습을 보았어요. 제가 깊은 굴 안에 누워 있었어요."

"꿈에서 죽음은 새로운 시작을 의미해요. 지금 당신의 내면에서 새로운 출발을 엄청난 힘으로 갈망하고 있어요."

설명을 듣고 잠시 생각에 잠겼다.

'나에게 정말 그런 의욕이 있을까? 내가 다시 건강을 되찾고 긍정적인 삶으로 나아갈 수 있을까?'

선생님은 삶의 희망에 대해 말씀하셨지만, 나의 불안과 의심이 쉬이 사라지지는 않았다. 다른 꿈들에 관해서도 말씀드렸다. 꿈을 매개로 대화를 나누니 이야기의 흐름이 자연스러웠고 속마음을 꾸밈없이 다 털어놓을 수 있었다.

다시 일주일이 지났다. 나는 그날의 상담이 J 선생님과의 마지막 상담이 될 거라고는 상상도 못 했다. 세 번째 상담을 마치고 나서 갑작스럽게 악화한 크론병 때문에 부천으로 계속 상담받으러 다니는 건 무리였다. 결국 나의 상담은 세 번 만에 끝났지만, J 선생님과의 상담은 내 삶에 새겨진 수많은 궤적 중에 가장 깊고 진한 자국을 남겼다.

가끔 고통스러웠던 시기를 떠올리곤 한다. 그 시간을 이겨낸 스스로가 기특하고 자랑스럽지만, 다시 그때로 돌아가겠냐고 묻는다면 그 답은 단연코 'No.'다. 상담이 끝난 후 1년. 나에겐 태풍이 휘몰아치던 첫 상담과 견줄만한 많은 일들이 벌어졌다. 그러나 그것을 계기로, 삶은 다시 원래의 궤도를 찾아갈 수 있었고 아픈 몸도 놀라울 만큼 회복되었다.

상담을 터닝포인트로 내 인생이 참 많이도 바뀌었다. 죽음에 관한 꿈은 과거와 이별하는 과정의 첫 단추라고 했다. 가끔은 꿈속에서 죽음을 마주하던 그때를 계기로 내가 환생한 것은 아닌가 하는 착각을 하곤 한다. 나를 곁에서 바라본 오랜 친구들은 지금의 내가 과거와는 전혀 다른 사람처럼 느껴진다고 말하곤 한다.

문득 꿈에 관한 사전적 의미가 궁금해서 검색해 보았다. 사전에서는 꿈의 동사 기본형인 '꾸다'의 의미를 '꿈을 보다'라고 설명한다. '본다'라는 말은 '만나다'라는 의미와 닿아있다. 꿈속에서 우리는 타자가 아니라 그 세계를 구성하는 주도적인 인물이다. 그 인물은 꿈을 만들어 내고 꿈을 만닌다. 꿈에서 한바탕 실컷 놀고 아침에 일어나면 한 편의 영화를 본 듯 꿈의 잔상이 남아있다.

우리는 다른 사람의 물건이나 돈을 빌릴 때도 '꾸다'라는 말을 사용한다. 그 의미를 새겨보면, '꿈을 꾸다'라는 말은 무언가를 빌려오는 일일지도 모른다고 생각한다. 어쩌면 밤에 꿈꾸는 일은 현재의 자신에게 필요한 메시지들을 무한의 기록 창고에서 빌려오는 일일 수도 있다. 탈무드에서는 꿈을 '신이 보낸 러브레터'라고 언급하고 있다. 매일 아침 신이 보낸 그 편지를 열어 본다고 생각하니 봄꽃을 만나는 일처럼 마음이 두근거린다.

살아 있어서 감사합니다

송기홍

"**하나님!** 살려 주세요, 아직은 죽으면 안 돼요."

2년마다 한 번씩 받는 건강 검진 결과표에는 '재검이 필요하니 병원에 다시 방문하라.'라고 쓰여 있었다. 그때까지만 해도 별다른 생각 없이 병원을 방문해서 엑스레이를 다시 촬영했다. 담당 의사는 다시 촬영한 엑스레이 사진을 컴퓨터 모니터에 띄워 놓고 한 부분을 가리키며 "이 부분 때문에 사진을 다시 찍었는데, 또 이렇게 나왔네요. 제가 '진료소견서'를 써 줄 테니, 큰 병원에 가서 다시 검사받아 보세요."라 말했다. 그 말을 듣고 원무과에 가서 진료소견서를 받았다. 영어로 쓰인 진료소견서를 위에서 아래로 쭈욱 훑어보다가 쓰러지듯 옆자리 의자에 털썩 주저앉았다. 영어로 잔뜩 쓰어있는 내용 중에서 'lung cancer'(폐암)라는 단어가 눈에 들어왔기 때문이다. 소견서 내용을 다 해석하지 않았지만 'lung cancer'라는 단어를 보는 순간 진기에 감전된 듯 온몸에서 기운이 빠졌다. '아! 내가 폐암이라니…' 그리고 아무런 생각도 나지 않았다. 의자에 멍하니 앉아 있다가 겨우 기운을 차리고 일어났다. 차에 올라탄 나는 시동을 걸지 못하고 또다시 한참을 앉아 있었다. 기운을 차린 줄 알았는데, 아직은 시동을 걸고 운전할 용기가 나지 않았다. 30분 정도 지났을까? 겨우 정신을 차리고 운전대를 잡고 집으로 향했다. 평소 10분 정도면 가는 거리인데, 10시간 이상 걸린 것처럼 멀게만 느껴졌다.

집에 도착하자마자 교회로 올라갔다. 그리고 항상 기도하던 자리에서 무릎을 꿇었다. 기도의 말은 나오지 않고 눈물만 한없이 흘렀다. 병원에 갈 때까지만 해도 기분이 좋았는데, 막상 종이 한 장 받아 들고 이렇게 절망하며 눈물을 흘리고 있다.

"하나님!"

하나님이라고 부른 후 더 이상 말을 잇지 못했다. 지금은 폐암이 확진된 것도 아니고 조직검사를 받은 것도 아닌데, 이미 죽음 앞에 선 느낌이었다. 며칠 안에 죽을 것만 같은 절망감이 들었다. 한참을 울며 기도했다. '내가 죽으면 남은 가족은 어떻게 살아야 하나!' 통장 잔액을 생각해 보니 전 재산이 집을 장만하기에는 턱없이 부족한 금액이었다. 교회 사택에 살고 있어서 내가 죽으면 교회 사택을 비워주고 나가야 하는데, 방 한 칸 마련할 돈이 없는 것이 슬펐다. 대학생 둘, 고등학생 하나 이렇게 세 아이를 데리고 아내가 집 없이 살아갈 것을 생각하니 아내에게 정말 미안했다. 지금까지 미래에 대한 걱정 없이 만족하고 감사하며 살았는데, 전혀 예상치 못한 건강 검진 결과가 절박하게 만들었다.

2017년 여름, 죽음의 공포 속에서 하나님께 살려 달라고 기도했다.

"하나님! 살려 주세요. 아직은 죽으면 안 돼요, 조금만 더 살게 해 주세요. 아직은 해야 할 일이 있고, 남겨질 가족을 위해 준비할 것이 많아요."

그렇게 사흘 동안 기도했다. 사흘째 되던 날 마음에 평안함이 찾아왔다. 그리고 마음속에서 하나님의 음성이 들렸다. "기홍아, 금방 안 죽는다. 염려하지 마라." 의사 선생님의 진료소견서를 받아 들고 절망했던 마음에 놀랍게 평안함이 임했다. '암이 아닐 수도 있다'라는 희망이 생겼다. 그래도 확실히 하고 싶어서 대학병원에 가서 조직검사를 받았다. 결과가 나오기까지 일주일간 기도하며 지냈다. 마음은 불안함 대신 참으로 평온했다. 그런데 검사 결과 '폐암'으로 확진이 되었다. 진료소견서 받아 들고 그렇게 절망했었지만, '암' 확진 판정받았는데도 마음이 평온했다. 그 후 일산에 있는 국립암센터에서 수술도 받았다. 처음에 큰 병원에 가 보라는 의사의 '진료소견서'에 쓰인 '폐암'이라는 단어 때문에, 그렇게 절망하며 슬퍼했었는데, 조직검사를 하고 수술도 하면서는 마음이 너무 평안했다. '하나님께서 살려 주실 것'이라는 확신 때문이었다. 아내도 기도하고, 아이들도 아빠의 건강을 위해 기도했다. 기도하는 가족들이 있어서 든든했다.

폐암 수술을 받던 날, 논산훈련소 입영을 앞둔 막내아들과 큰 누님, 그리고 여동생이 수술실 앞에서 대기했다. 수술을 마치고 회복실에 누워있었는데, 마취에서 깨어나면서 수술 부위가 너무 아팠다. 마취가 풀리면서 가족 면회가 시작되었다. 통증은 피부를 당겨서 찢어버리는 것 같았다. 너무 아파서 눈물이 쉴 새 없이 흐르고, 막내아들이 들어왔다. 그의 손을 꼭 잡으며 이렇게 말했다.

"반석아! 아빠를 위해서 기도해 줘. 아빠가 너무 아파."

반석이는 아빠의 손을 붙잡고 기도해 주었다. 통증이 조금 줄어드는 것 같았다. 반석이 다음으로 큰 누님이 들어 오셔서 역시 기도를 부탁했다. 기도하는 소리를 들으며 마음의 평안함을 느꼈다. 그 후 여동생이 들어왔다. 오빠를 위해서 기도해 달라는 부탁에 여동생은 울먹이며 말했다.

"오빠! 나는 기도할 줄 몰라. 내가 어떻게 기도해!"

그러면서도 눈물까지 흘리며 무어라고 간절히 기도해 주었다. 그 기도 소리를 들으며 잠이 들었다. 한참 후 깨어보니 이제 조금은 견딜 만했다. 입원실로 옮겨진 후에도 가끔 밀려오는 통증을 참을 수가 없었다. 너무 아파서 참고 또 참다가 아프다고 호소하면 마약성 진통제를 놓아 주었다. 그러면서 "너무 아프면 참지 말고 말하라, 와서 진통제를 놓아 주겠다"라고 했다.

입원실에 와서 3일 정도 지났을 때 병상에서 일어나 걸을 수 있었다. 6인용 병실이던 그곳에서 이미 서로가 인사 나누었기에, 다른 환자들은 내가 목사인 걸 알고 있었다. 국립암센터 병원은 모든 입원 환자가 각종 암 환자였고, 이 병실에는 폐암 환자만 입원해 있는 곳이었다. 병상에서 일어나 걸을 수 있게 되면서 같은 병실의 다른 환자들을 찾아가서 그들의 고통이 덜어지고 빨리 건강해지기를 위해서 기도했다. 그들 중에는 기독교인도 있었고 아닌 환자도 있었지만, 같은 병실의 입원 환자인 목사가 기도해 주는 것을 좋아했다. 입원한 지 일주일이 지나고 퇴원하던 날도 병실 통로에 서서 아직도 병상에 누운 그분들의 빠른 회복을 위해 기도했다. 내가 입원해 있는 동안 입원하고 퇴원하는 분들이 있었고, 나도 때가 되어 퇴원했다.

벌써 칠 년이라는 시간이 지났다. 처음 '폐암'이라고 적힌 진료 소견서를 받아 들고, 금방 죽을 것 같은 절망감에 힘들어했지만, 이제는 완치되었다는 판정도 받고 건강하게 일상을 회복했다. 병원에 있을 때, 아내는 직장 때문에 주말에만 다녀갔지만, 남편의 건강 회복을 위해 누구보다도 간절히 기도했다는 것을 잘 알고 있다. 아들들도 아빠의 건강을 위해 열심히 기도했을 것이다. 병원에 입원해 있는 동안 간호하던 막내아들은 아빠가 퇴원하기 전에 '논산훈련소'에 입소했다. 아빠의 퇴원을 보지 못하고 병원을 떠나던 막내아들의 그 모습이 아직도 눈에 선하다. 몇 번이나 뒤를 돌아보며 병원을 나섰다. 이제는 그 아들이 전역하고 어엿한 사회인으로 살고 있다.

부족하게 받아도
풍족하게 줄 수 있다

쓰꾸미

2000년 9월 9일. 20살에 설렘의 사랑을 만났다.

경기도 양주시 장흥면에 있는 경양식 식당 '사슴의 집'에서 설렘의 사랑을 만났다. 지금은 없어졌지만, 대학교 때에 동아리 친구 현정이가 소개해 준 아르바이트 자리였다. 근무 장소는 주방이고, 주 업무는 설거지였다. 음식 메뉴 중 치킨은 내 담당이었다. 튀기기 전, 칼집을 다리에 사선으로 내고 가슴살과 도톰한 부분은 칼을 끝까지 밀어 넣으며 칼집을 마무리한다. 달걀을 섞은 튀김 물을 입히고, 튀김가루 위에 건져 올린 뒤 양손으로 튀김가루를 살살 덮은 뒤에 손으로 닭을 꼭꼭 눌러서 튀김옷을 마무리한다. 180도 18분, 공식처럼 외운 기름 온도와 시간을 맞추어서 튀겨 내면 된다는 교육을 받았다. 조리법을 배우고 주방 청소로 바쁜데, 홀 청소를 아무도 하지 않아 이상했다. 그때 설렘이 1시간 늦게 도착했다. 중앙의 장작 난로를 기준으로 바닥에서 천장까지 3층

높이의 층고를 가득 메운 통유리창으로 쏟아지는 햇빛 아래 걸어 들어왔다. 나이아가라 파마를 해서 허리까지 내려오는 갈색 머리카락, 상의는 짙고 어두운 빨간색 니트, 하의는 검은색과 붉은 계열이 들어간 타탄체크 팬츠를 입었다. 얼굴이 작고 하얀 피부가 나와 달라 시선이 자꾸 멈추었다.

첫날 나는 그녀에게 강렬한 인상을 심어줬다. 아르바이트를 마친 후, 나를 환영한다는 술자리가 있었다. 술자리 후, 같이 집에 걸어가다가 인형 뽑기 기기 옆에서 술자리에서 먹은 것들 확인했다. 이 모습을 설렘이 봤다. 강한 수컷의 모습을 보이고 싶어 술을 넙죽넙죽 받아먹은 객기가 부른 흑역사였다.

흑역사 덕분에 기대치 없이 시작된 관계였다. 잃을 것이 없으니, 먼저 적극적으로 데이트를 요청했다. 그리고 서로 알아가는 만남을 이어갔다. 취미는 잘 맞았다. 『용비불패』, 『원피스』 등의 만화책을 동네 책 대여점 '집현전'에서 빌려봤다. 〈바람과 함께 사라지다〉, 〈동방불패〉 영화를 세 번 넘게 비디오로 빌려 같이 보고, 〈무한도전〉을 같이 보고 재미있던 부분을 이야기하는 것이 매주 토요일 저녁의 마무리이었다. 합이 맞고 편안해 아침 7시에 만나 저녁 10시 헤어질 때까지, 만남의 시간은 늘 '찰나'였다. 2000년 11월, 설렘이 핸드폰을 경기도 연천으로 가는 버스에 두고 내렸다. 핸드폰을 찾으러 왕복 6시간이 걸리는 거리를 같이 버스 투어 했다. 자리가 좁아 다리도 못 뻗고, 뒤로 좌석도 젖히지도 못하는데도 서로가 좋다고 웃었다.

28살까지 마냥 꽃 피는 날들의 연속이었다. 군대에 다녀오고, 취업이라는 장애물을 건너고 힘든 시기를 찾기 힘들 정도로 부드럽게 흘렀다. 더 행복한 미래를 위해 결혼을 생각했다.

2008년, 28살. 인생 이벤트가 많았다. 취업하고 1월 2일 첫 출근을 하였다. 직업과 수입이 있으니 결혼할 시기라 판단했다. 결혼 승낙이 당연해서 결혼식장을 어디로 해야 하는지 고민했다. 하지만 아버지 반대에 부딪혔다.

20살의 추석 연휴에 처음 만났던 여자 친구가 다음 해 설날부터 같이 인사를 드리러 양가를 방문했다. 그렇게 매년 설날과 추석을 같이 인사를 다니면서 시간을 보냈다. 8년 봐왔고, 거부 반응이 없으니 당연히 승낙이라 알았던 것은 나만의 착각이었다. 명절마다 가족 모임에서 윷놀이도 하고 참석한 식구들이 무엇을 하는지 가족사를 듣고 공유하는 사이였다. 그런데 반대라니. 마치 TV를 집중해서 보고 있다가 누군가 일부러 코드를 뽑아서 TV를 강제적으로 끈 느낌이었다. 또는 결혼 축하를 위한 깜짝 쇼가 아닐지 생각했다.

결혼을 허락해 달라고 요청하자, 아버지는 그날부터 나와 이야기하지 않았다. 그리고 방에 누워서 일어나지 않았다. 집에서 식사도 안 하고 누워서 반대 의사를 강하게 표현했다. 아버지와 관계가 좋지 않은 상황을 보시고, 어머니가 나만 불러서 같이 부추비빔 국수를 먹었다. 먹으며 어머니는 왜 여자 친구와 결혼을 결심했는지 물어봤다.

"나는 민정이와 같이 있으면 편하고, 안정감을 느껴요."

대답을 듣고, 어머니는 그거면 되었다고 했다. 살아가면서 집에서는 편안한 감정을 느끼며 살아야 가정이 제대로 유지된다고 하시며, 내 의견에 공감해 주셨다. 그렇게 어머니가 가족 중 첫 번째로 내 편이 되었다. 그리고 나와 아버지 사이를 오가며 중재했다.

우연처럼 회사에서 해외 OJT(On the Job Training)를 리비아로 1달간 진행하여 강제로 서로 생각할 시간을 가질 수 있었다. 해외로 나가기 전, 여자 친구는 나에게 본인은 30살 이후로는 절대 결혼하지 않을 것이라는 점과 본인 역시 한 집안에서 귀하게 자란 딸이라는 점을 강조했다. 공감하고 반대할 수 없는 의견이었다. 내가 귀하게 자란 만큼, 사랑하는 사람도 귀하게 자란 걸 인정했다. OJT 전, 아버지와 진지하게 이야기하기로 결정하고 행동으로 옮겼다.

아버지는 내가 1남 6녀의 막내아들이기에, 누나들과 며느리가 잘 지내야 가정의 평온이 유지된다는 주장이었다. 여자 친구는 홀어머니 밑에서 컸다. 며느리로서 화목하게 어울려 지낼 수 있을지에 대한 우려였다. 나는 나를 믿어달라고 하는 수밖에 없었다. 20살에 만나서 28살이 되기까지 8년, 아버지가 여자 친구를 본 시간보다 내가 옆에서 여자 친구를 본 시간이 더 길었기에 믿어달라고 설득했다. 날 선 대립. 양보할 수 없는 사항이라 민정이가 아니라면, 다른 사람을 만나기 힘들 것 같다고 협박했다. 이린 내가 괘씸하였는지 아버지는 내 인사도 안 받았고, 말도 안 하시고 식사도 따로 했다. 그렇게 불편한 마음을 가지고 리비아로 떠났다.

어머니가 옆에서 아버지를 잘 설득했다. 가랑비에 옷이 젖는다고 삶의 대부분을 같이 살아온 어머니가 아버지에게 계속 이야기하셨다. 나는 내 살아온 눈을 믿어달라는 반복만이 전부였다.

처음으로 아버지는 고집과 자존심을 접었다. 리비아에 OJT로가 있는 동안 적절한 공간과 여유 때문이었을까? OJT를 다녀온 3월 말, 마법처럼 결혼 승낙을 받았고, 6주 뒤 5월 4일, 내 통장에 800만 원 잔고를 두고 결혼했다.

집은 부모님 덕분에 누나가 미리 사둔 곳을 우리가 들어가서 살수 있었다. 신혼살림은 여자 친구, 아니 아내가 준비해서 신혼살림답게 모양을 갖추고 살 수 있었다. 결혼한 후에는 감사한 일의연속이었다.

결혼한 다음 해에 첫째 아들 우찬이가 태어났다. 아들이 태어나고 나서 아버지와 아내의 관계가 눈에 띄게 바뀌었다. 아버지는 아들의 이름을 지어주신다고 여러 곳을 방문해서 가장 마음에 드는 이름으로 선정하였다. 그뿐 아니라 우찬이의 이름이 무슨 의미를 가지는지, A3 종이보다 큰 이름 해설서를 가져오시면서, 이름에 담긴 뜻을 1시간이 넘게 설명해 주셨다. 둘째 딸 채민이가 태어났을 때도 똑같이 발품을 팔아가며 작명소에서 이름을 지어 설명해 주셨다. 그렇게 우리 집 아이들의 이름을 모두 아버지가 발품을 파시면서 지어주셨다. 이름에 들어간 할아버지 정성 덕분에 아이들이 지금까지는 크게 아프지 않고 건강하게 잘 자라고 있다.

또 아버지와 아내는 둘만이 좋아하는 보양식을 먹으러 다녔다. 지금은 아버지가 식단을 관리하시지만, 15년 전만 해도 식단 관리가 덜 했다. 그래서 아버지와 아내 둘이 보양식을 먹으러 다녔다. 나, 어머니 그리고 누나들은 보양식을 먹으면 장이 약해서 그런지 설사하거나 복통을 일으켜 잘 먹지 못한다. 그런데, 아버지와 아내는 같이 추어탕과 같은 보양식을 계절이 바뀔 때마다 챙겨 먹었다. 둘은 그렇게 보양식 친구가 되었다.

내가 만약에 부모님의 반대로 결혼을 선택하지 않았다면, 이쁜 아들과 딸을 만나지 못한 것은 당연하다. 건설회사에 다니고 있어, 결혼 후 반 이상은 나 없이 아내와 아이들만 보낸 시간이 더 길다. 휴가나 한국에서 근무하는 동안 어색함 없이 한 가족이라는 느낌을 받을 수 있는 것은 일상에서 아내가 아이들에게 내 존재를 잊지 않도록 영상 통화를 하거나 기념일의 축하 메시지 발송 같은 세심한 배려 덕분이다. 어머니가 돌아가셨을 때도 마지막 입관하는 과정에 그 누구보다 가까운 거리에서 많은 눈물을 흘린 아내가 있었기에 나는 이 글을 쓰고 나서 1주일 뒤 베트남으로 장기 출장 가고 업무에 집중할 수 있었다. 불평 하나 없이 매년 어머니 기일에 아내가 새벽부터 만든 전과 삼색나물에서 가족에 대한 사랑을 발견한다. 사춘기의 아들과 딸을 걱정 안 하는 이유는 아내가 그 누구보다 풍족한 사랑으로 아이들의 일상을 따뜻하게 보살필 것을 알고 있기 때문이다.

1-9

죽음을 체험하고 얻은 것들

전은태

죽음을 경험해 본 적이 있는가?

당연히 죽음은, 연습도 예고편도 없기에 경험해 볼 수 없다. 그래서 우리는 죽음을 알 수도 없고, 이해할 수도 없다. 그리고 언제, 어디서 어떻게 죽을지도 모른다. 죽음을 경험해 봤거나 죽음의 문턱을 가봤거나 죽을 만큼 아파본 경험이 있다면 아침에 일어나 숨을 쉬고 눈을 뜬다는 것 자체가 감사할 것이다.

나는 한순간에 모든 것이 멈추는 기이한 평화를 경험했다. 그 순간이 내 마지막이라 생각했지만, 그것은 또 다른 시작이었다.

30여 년 전, 내 나이 20살인 1993년 5월, 충남 아산에 있는 한 제약회사에서 근무하고 있었다. 며칠 동안 검은색을 띤 설사 같은 변을 보기 시작했다.

내가 선짓국을 먹었었나? 하며 대수롭지 않게 그냥 넘어갔다. 그러다 갑자기 사무실에서 일을 하다가 어지럼증으로 쓰러졌다.

그날은 많은 양의 혈변과 응어리가 진 엄청난 양의 피를 토하면서 쓰러졌다.

천안에 있는 한 대학병원으로 급하게 옮겨졌다. 피를 너무 많이 토해내서 사망에 이르기 직전까지 왔다. 의식은 없었고 얼마나 급했는지 혈관이 잡히지 않아 왼쪽 팔뚝을 찢어 혈관을 연결해 긴급 수혈을 했다. 급작스레 간에 이상이 생겼다.

급성간염 또는 간경화 말기 증상으로 식도와 위의 정맥류가 터져 혈변과 피를 토하면서 죽는 병이다. 이때 나는 과다 출혈로 인해 숨이 끊어지는 죽음을 경험했다. 내 느낌상으로는 1분 정도의 강렬한 꿈을 꾸었고, 며칠 동안 의식이 없는 채로 중환자실에 있었다.

30년이 지난 지금도 꿈인지 뭔지는 잘 모르겠지만, 아주 강렬했던 죽음 속에서의 꿈과 같던 기억은 지금까지도 바로 어제 일처럼 생생하다.

죽으면 두려울 줄 알았다. 많은 사람도 대부분 그렇게 생각할 것이다. 하지만 그와 반대였다. 태양은 보이지 않았지만 따뜻하고 기분 좋은 빛은 나를 감싸고 있었고, 그저 평온함만이 존재했다. '마음이 평화롭다'라는 말은 이럴 때 쓰는구나 하고 느낄 정도였다. 바닥에 서서 있는 감각은 분명했지만, 흙인지 아스팔트인지 무엇에 서 있는지 몰랐다. 눈에는 보이지 않았지만, 왠지 앞으로 걸어 나가면 커다란 성이 보일 것 같은 확신이 들었고, 사람들이 이쪽으로 오라고 하는 신호를 보내는 것 같아 계속해서 앞으로 걸어야 할 것 같은 느낌을 강하게 받았다.

하지만, 조금 전까지만 해도 병원에서 피를 너무 많이 토하고 몸이 너무 많이 힘들고 지쳐서 앞으로 걸어가지 못하겠다는 생각에 그 자리에서 털썩 주저앉았는데, 깨어나 보니 중환자실이었다. 만일 계속해서 걸어 나갔더라면 난 이 세상에 없었을 것이라고 확신한다.

나중에 가족들에게 들었는데, 살아날 가망이 없어 송장으로 취급하고 거의 포기 상태로 있었단다. 그런데 부모님의 간곡한 부탁으로 어차피 죽는 거 배라도 갈라서 해 볼 수 있는 거 다 해 보자고 했다고 한다. 배를 갈라 개복한 후, 터진 정맥류를 일일이 꿰매고 위를 절제하는 대수술을 받은 후 기적적으로 살아난 것이라고 했다. 웬만하면 큰 수술 자국도 10년 정도 지나면 희미해지는데, 거의 배를 갈라서 개복하는 수준이라 30년이나 지금도 수술 자국이 선명하다.

그렇게 간신히 살아나긴 했지만, 나는 언제든지 간 기능이 악화하면 정맥류가 다시 터져 사망률 90%가 넘는다는, 평생 관리해야 하는 병을 갖고 있다. 당장 내일 깨어나지 못해 죽는다고 해도 전혀 이상하지 않은 상태이다.

난 이렇게 언제 어느 때 어떻게 죽을지도 모른다고 생각하고 산다. 그래서, 돈이나 물질에 집착하기보다는 세상에 뭔가 남기고 가야겠다는 생각이 강하게 들었다. 나는 새롭게 다시 생명을 얻은 그날 이후, 세상을 다른 관점으로 다시 보게 되었다.

단 하루라도 의미 있게 삶을 살고, 세상에 명예든 무엇이든 남기고 가자고 결심했다. 단 한 시간도 시간을 허투루 쓰지 않으려고 노력했고 어떻게든 내 발자취를 남기고 싶었다. 시간이 아까워 운전하면서 점심을 해결하고, 외국어 공부를 했다. 중간에 졸리면 보고 싶고 생각나는 사람에게 전화를 걸어 수다라도 떨었다. 나는 늘 죽음이라는 끝을 생각하고 세상에 뭐라도 남길 수 있도록 열심히 또 열심히 살며 실력을 하나하나 키워 나갔다.

그리고 최대한 많은 사람에게 조금이라도 베풀고 가야겠다는 마음으로 살았다. 남을 위해 일하고 봉사하는 마음으로 살아온 덕분에 누군가에게 인정받기 시작했고, 나도 세상에 태어난 한 사람으로서 뭔가를 할 수 있다는 자신감과 행복감을 느끼기 시작했다. 그러다 보니 내가 하는 일은 잘 되고 싶지 않아도 안 될 수가 없었다. 하는 일은 슬슬 잘 풀렸고 남을 위해서 살다 보니 나까지 잘되는 것이었다.

그때 죽지 않고 살아남아 있는 지금, 이 한순간 한순간에 그저 감사했다. 이 세상에 태어나 뭔가라도 남기고 갈 수 있게 깨달음을 준 죽음의 문턱 경험을 너무나도 감사하게 생각한다. 병원에서 죽을 고비를 넘겨보면, 산소호흡기에 의존하지 않고, 내가 큰 힘을 들이지 않고도 아주 자연스럽게 숨을 쉴 수 있다는 것에 그저 감사하다.

　나이를 먹어가면서 소중한 사람들과의 이별, 아픔이나 상처 그리고 건강하지 못함으로 인한 고통 등 이런저런 경험을 하게 된다. 공기를 들이마시고 숨을 쉬는 것을 너무나도 당연하게 여기지만, 병원에 누워 산소호흡기에 의존해 보면 당연한 것이 아니라는 것을 알게 된다. 항상 내 곁에 있던 사람이 어느 날 없어지고 나면, 비로소 소소하고 평범한 일상들이 행복이었다는 것을 느끼게 된다. 그때의 내 죽음은 끝이 아니라 삶을 새롭게 바라보는 창이었다.

사랑의 통로

조왕신

"**다리를** 절단해야 할 수도 있습니다."

"엄마, 나 못 일어나겠어!"

저녁 밥을 먹다 잠시 자리를 떴던 딸이 울음 섞인 목소리로 나를 불렀다.

"밥 먹다 말고 어딜 간 거야?"

화장실에 주저앉아 있다. 깜짝 놀라 일으켜 세웠는데 다시 주저앉는다.

"일어나려고 하는데 다리가 안 일어나져. 어떡해?"

딸은 눈물을 뚝뚝 흘렸다. 아무 생각도 나지 않았다. 아이를 키우다 보면 흔한 감기나 배앓이로 병원에 가게 되지만, 이런 경우는 처음이다. 급한 대로 집 앞에 있는 정형외과에 전화했다. 병원 건물 3층이 살림집이었다. 의사는 사정을 얘기하니 급하게 내려와 아이의 상태를 확인했다.

"어머니, 아이 상태는 제가 봐야 할 게 아닌 듯합니다."

다리뼈에 이상이 있는 건 아니라고 말했다. 바로 소견서를 써주며 큰 병원으로 가보라 하였다. 저녁 8시. 진료 시간이 지났으니, 응급실로 가야겠다며 대학병원에 전화해 주었다.

눈앞이 깜깜했다. 어떻게 응급실까지 갔는지 모르겠다. 응급실은 전쟁터였다. 의사가 급하게 진찰하고 소변검사부터 혈액검사, X-ray 촬영을 했다. 바로 입원 조치가 떨어졌다. 정형외과 병동이 아닌 소아내과 병동으로. 이상했다. 예감이 좋지 않았다. 1998년도 여름, 딸이 초등학교 1학년 때였다.

"아직 정확한 병명을 알 수 없습니다."

오전 10시. 의사는 혈액에 세균이 감염된 게 아닌가 생각한다고 말했다. 정확한 병명은 모른다고, 항생제 주사를 맞고 있으니 며칠 경과를 지켜보자고 했다. 사흘이 넘도록 아이는 걷지 못했다. 정확한 병명도 들을 수 없었다. 혹시 내가 뭘 잘못해서일까 자책도 생겼다.

"세균이 혈액 내 감염되었을 때 최악의 경우엔 다리를 절단해야 할 수도 있습니다."

하늘이 무너지는 것 같았다. 마음도 무너졌다. 후들거리는 다리, 덜덜 떨리는 손, 깍지를 끼고 그대로 엎어졌다. 종교와 관계없이 알고 있는 모든 신의 이름을 불렀다. 제발……. 다리가 필요하시다면 아이 대신 제 다리를 가져가시면 안 되겠냐고 애원했다.

아무것도 바라지 않겠다고, 우리 아이 건강만 허락해 주신다면 제가 더 착하게 살겠다고, 입술을 깨물며 간절히 기도했다.

손목이 너무 가늘고 약해서인지 링거 꽂을 핏줄이 잘 나타나지 않았다. 주삿바늘 꽂는 걸 몇 번 실패했다. 어린 딸은 울고불고 난리였다. 그 뒤로 간호사가 들어오기만 해도 내 목을 와락 끌어안고 떨어지질 않았다. 병실이 답답한 딸은 친구들이 병문안 와서 선물로 주고 간 인형을 안고 얘기했다. 친구들 이름도 한 번씩 불렀다. 8살. 초등학교 입학해서 처음 사귄 친구들하고 재미있게 놀고 싶었을 텐데.

잠든 딸의 등을 어루만지며 애가 끓었다. 세상에 태어나서 그때처럼 많이 울어본 적은 없지 싶다. 소리 내 울지도 못하고, 눈이 짓무른다는 것을 그때 알았다.

아이 몸에 좁쌀만 한 반점들이 생겼다. 검붉은 빛으로 보였다.
"피부 아래 출혈이 있는 혈관염으로, 자반증 같습니다."
의사는 딸의 상태를 살피며 말했다. 정확한 병명만 들어도 살 것 같았다. 그제야 조금 마음의 여유가 생겼다. 놀라고 경황없어 저녁 밥상도 치우지 못하고 들어온 병원이다. 한여름에 입었던 옷 그대로 집에 가지 못한 날이 한 달도 넘었다. 그 사이에 초등학교는 개학했고 아들은 가을 운동회 연습을 시작했다.
딸은 차츰 좋아지는 듯했으나 신장 기능이 떨어지면서 요단백 수치가 매우 높게 나왔다. 신장에 무리가 많이 갈 텐데. 딸 대신 내가 아팠으면. 여전히 착하게 살겠다 약속하며 요단백 수치가 떨어지길 바랐다.

삐그덕, 병실 문이 열리고 불쑥 아들이 들어왔다. 매번 아빠가 퇴근하고 병원에 오면서 데려오곤 했는데, 놀랐다. 어떻게 왔는지 물었다.

"엄마한테 가고 싶고, 동생도 보고 싶고…" 아들은 고개를 숙이고 뒷말을 흐렸다. 말없이 꼭 안아주었다. 아이가 걷기엔 제법 먼 거리였다. 아빠 차 타고 올 때 몇 번째 신호등에서 어디로 가는지 세어봤다고. 버스 기사 아저씨께 대학병원 가냐고 물어보고 탔다고 했다. 오는 내내 긴장했는지 이마와 볼에 땀과 먼지가 범벅이 되어 얼굴이 꼬질꼬질했다. 입고 있던 옷소매를 잡아당겨 아들 얼굴을 닦아주었다. 혼자서 한 번도 버스를 타 본 적이 없었는데, 어지간히 혼자 있기 싫었나 보다. 아니, 같이 있고 싶었나 보다. 마음이 찡했다. 초등학교 4학년인 아들도 엄마 품이 필요한 아이였다. 아들 볼에 뽀뽀했다. 사랑이 통하도록 팔에 힘주어 꼭 안아주었다.

딸은 자반증 예후가 좋지 않아 신우염이 생겼다. 초등학교 5학년 때까지 통원 치료를 했다. 그 후 다행히 중학교는 건강하게 마칠 수 있었다. 고등학교 1학년 때 신우염이 재발했다. 요단백 수치가 매우 높아 병원에선 입원하라고 했다. 딸은 입원하기 싫다고,

친구들과 학교 다니고 싶다며 울었다. 난감했다. 입원 대신 식이요법 하며 매일 딸의 소변을 모아 병원에 가서 요단백 수치를 확인했다. 고등학교 2학년부터는 전교생이 밤늦게까지 학교에서 자습해야 했다. 저녁 8시까지만 자습하고 귀가하는 것으로 조율했다. 학교 근처로 이사를 하였고 남편은 매일 등하교를 도와주었다. 가족 모두가 동참했다. 꼬박 3년, 아무도 불평하지 않았다. 딸은 담당 의사도 놀랄 만큼 건강해졌다. 대학 진학도 하게 되었다.

매번 거듭된 기도를 하늘이 들어주었으니 착하게 살아야겠다고 순간순간 다짐했다. 그리고 하늘이 알고 내가 아는 작은 선행을 조금씩 하며 살고 있다.

누군가 가족의 의미를 묻는다면 좋은 일은 함께 기뻐하고, 어려운 시절에는 같이 힘이 되어주는 존재라고 답했었다. 그러나 딸을 위해 기도하며 생각이 바뀌었다. 내게 가족은 단순히 함께하는 존재가 아니다. 내 생을 걸고 지켜야 하는 사랑이다. 있는 그대로. 존재만으로도 이미 충분한 사랑의 통로이다.

제2장

지금,
여기 소중한 순간

—

일상 속
작은 변화의 소중함

강명경

길을 걷다가 잠시 걸음을 멈춘다. 땅 위에서 반짝이는 노란빛. 언제 이렇게 물들었나. 고개를 들어 나무를 바라본다. 바람에 흔들릴 때마다 나뭇가지 끝에서 떨어질 듯 말 듯 아슬아슬하게 달린 나뭇잎. 이런 긴장감도 잠시, 갑작스레 우수수 쏟아진다. 벚꽃잎이 바람에 흩날리듯이 바람에 따라 날리는 낙엽 비다. 마치 영화의 한 장면 같아 미소를 짓게 한다. 걸음을 다시 옮기지만, 여전히 시선은 주변을 맴돈다. 담벼락 아래 바닥 틈새에서 연두색 줄기가 고개를 내밀고 있다. 손가락 한 마디 정도 높이로 자라난 작은 생명이다. 나는 바람이 불어 춥다고 옷을 여미는데, 풀은 땅속에 내린 뿌리를 믿고 온몸으로 바람을 맞이한다. 몇 발짝 더 걷다 보니 또 다른 초록색 줄기가 눈에 띈다. 줄기 끝에는 새끼손톱보다도 작은 꽃망울이 살짝 피어있다. 살기 위해 더욱 단단히 자리 잡은 모습 같다.

평소 같았으면 지나쳤을 풍경들인데 이상하게도 오늘은 자꾸 내 시야를 사로잡는다. 바쁘게 스쳐 간 일상에서도 많은 변화들이 일어난다는 사실이 새삼스럽다. 눈에 보이지 않을 때는 존재도 모르고 지냈는데, 멈추고 바라보니 눈에 들어온다. 크고 작은 모든 것이 그 자리에 있다. 바쁜 걸음을 멈추고 주변을 살피는 일, 생각보다 큰 여운이 남는다.

단조로운 하루다. 같은 길을 걷고, 같은 일을 반복한다. 하지만 그 안에 숨어 있는 나의 움직임을 생각하면 단조롭다는 말과는 동떨어진 느낌이다. 최근 논문, 기고문, 기획서, 보고서 등의 마감 기한들이 겹쳐있다. 해야 할 일들이 끝없이 이어지며 꼬리를 무는 생각들이 가득하다. 끊임없는 일들을 잘 해결해 내고 싶어 머릿속이 복잡해진다. 미래를 계획하며 지금을 재촉하고, 과거를 떠올리며 오늘을 동동거린다. 지금 해야 할 것 같은 압박감. 그 속에서 매일 쉼 없이 분주하게 움직인다. 중요한 건 지금이라는데, 자꾸만 지금을 지나친다. 대체 어디로 가고 있는 걸까? 내 모습은 마치 물 위에 떠 있는 오리 같다. 평온해 보이는 겉모습과 달리 지칠 때까지 몰아세우는 나. 균형을 잡고 싶다.

이럴 때는 수증기로 가득한 욕실에서 따뜻한 물로 샤워한다. 여유로울 때 들을법한 재즈풍이나 명상 음악도 틀어본다. 잠시나마 아무 생각을 하지 않을 수 있는 시간이다. 개운해지면 기분까지 좋아지니 일거양득이다. 얼굴에 바른 로션이 잘 스며드는 동안 머릿속도 전환해보기로 한다. 눈에 들어오는 책 한 권을 고른다. 손에 잡히는 대로 아무 장이나 펼쳐본다. 책 속의 글을 읽다 보니 불쑥 스무 살의 첫사랑이 떠오른다. 잠시 읽던 책을 멈춘다. 찰나의 감정이 아니라 그 감정이 남긴 흔적들, 그 순간을 느껴본다.

　그때의 나는 그 사람이 좋았다. 좋아했던 배우 류승수를 닮은 얼굴, 딱 좋다고 느낀 4살의 나이 차이. 호감을 느낀 다음 단계, 마음을 열어야 하는 걸 알면서도 쉽지 않았다. 지금도 어려운 밀고 당기는 걸 시도하다가 결국 소통이 부족해서 첫 연애는 3개월 만에 끝났다. 설렘에 가려진 균형의 문제가 있었다. 그때의 관계는 감정의 시소 같았다. 나는 받는 데 익숙했고, 그는 반대였다. '공통된 관심사를 갖고 나눌 거리가 좀 더 있었다면 어땠을까?'하는 아쉬움이 남지만, 오래갈 수 없는 관계였다. 서로를 향한 속도와 방향이 달랐으니까. 서투르고 짧았지만, 후회가 없어서 잊고 살았는데 세월이 지난 지금도 그때가 떠오르다니. 오래 전의 그 기억이 불쑥 떠오를 때 묘했다. 마치 숨겨둔 옛사랑을 들킨 것 같아 쑥스럽기도 하고, 갓 스무 살의 청춘 시절이 그립기도 하고, 순수한 마음이었던 때로 돌아갈 수 없어 아쉽기도 한 뭔가 북적북적한 감정이 올라온다. 나에게 묻는다.

　'나는 지금 어떤 사람일까? 그때와 지금의 나는 얼마나 달라졌을까?'

단순하지만, 묵직한 질문이다. 마감 기한에 쫓기며 바쁘게 살아가는 지금의 나와 스무 살의 나를 나란히 놓고 본다. 상대에게 기대했던 것과 나 자신에게 바랐던 것이 무엇이었는지 헤아려 본다. 감정은 솔직했지만 어디엔가 서툴렀던, 어쩌면 조금은 일방적이었는지도 모른다.

지금도 여전히 바쁘게 움직이고 균형을 잡으려 애쓴다. 흔들리고 부족할 때도 있다. 그때보다는 나를 조금 더 존중하려 한다. 지난 경험들이 지금을 만든 조각들이라고 생각하면 위안이 된다. 자신에게 던지는 질문들은 돌아보게 한다. 과거와 지금의 내가 겹치는 순간에도 여전히 나아가고 있다는 사실을 알 때 힘을 얻는다. 그 힘으로 여전히 답을 찾아가는 중이다. 오늘도 힘을 원동력으로 전진한다.

'나는 가을을 좋아한다고 늘 말하지만, 진짜 가을을 느낀 적이 있었나?' 스스로에게 던지는 또 하나의 화두다. 가을이 되면 나뭇잎들이 저마다의 색으로 옷을 갈아입는다. 매년 반복되는데도 제대로 본 기억이 안 난다. 가을이 좋다면서 언제나 스쳐 지나가는 바쁜 일상 속의 배경이었다. 하지만 오늘은 다르다. 운전 중 터널을 빠져나갈 때 눈 앞에 펼쳐진 풍경에 시선을 뺏겼다. 늘 그 자리에 있었을 산인데, 이제야 단풍으로 물든 나무들이 시야를 가득 채운다. 도화지에 알록달록한 물감이 뿌려진 듯하다. 눈앞의 모든 색과 단풍이 든 모습이 압도적으로 예뻤다. 순간 아무런 생각이

안 난다. 그제야 깨닫는다. '나는 늘 주변에 있는 것 대신 보이지 않는, 해야 할 일에만 집중하며 살아왔구나. 좋아한다고 하면서도 진짜 빠져본 적은 없었네.'

이제 마음이 활짝 열린다. 입가에 저절로 미소가 번진다. 가을이 이렇게 아름다웠구나. 올해가 곧 끝나간다는 생각에 아쉬움이 많았지만, 이젠 남은 시간을 걱정하거나 아쉬워하지 않기로 한다. 지금을 충분히 누리자. 바쁘다는 핑계 혹은 더 중요한 것들이 있다는 이유로 스쳐 지나가기만 했던 계절이다. 오늘에서야 가을을, 그리고 지금을 진짜로 본다.

미루고 미루었던 가을 여행을 가기로 한다. 인터넷으로 단풍이 아름답다는 곳을 검색해 찾았다. 주말 아침 6시, 채비한다. 루이보스 차가 우려진 따뜻한 물을 채운 보온병, 걷다가 먹을 견과류 한 봉, 좋아하는 레몬 맛 사탕도 챙긴다. 가방을 둘러메고 집을 나섰다. 아직은 해가 다 뜨지 않아 어슴푸레한 주차장에 들어선다. 차 문을 열고 시동을 건다. 이제 진짜 좋아하는 가을을 느끼러 가는 거다. 연애할 때 느꼈던 설렘이 이랬을까. 가슴이 콩닥거린다.

감사한 하루

강혜진

초등학교에서 교사로 일한 지 19년째, 교사인 나에게도 가장 기다려지는 시간은 점심시간이다. 지루하던 4교시가 지나고 점심시간이 다 되어 가면 교실 앞 복도에 수레를 끌고 도시락을 나르는 사람이 분주해진다. 5학년, 한창 클 나이, 복도를 가득 채운 음식 냄새에 아이들 마음이 온통 도시락에 가 있다. 급식소 확장 공사로 민간 업체에서 도시락을 받아 급식을 시작한 지 벌써 한 달이 지났다. 갓 지은 따끈한 밥을 식판에 가득 담아 먹다가 미지근하게 식은 도시락을 먹자니 아이들도 성에 안 차나 보다. 5,000원 남짓 최저가로 도시락을 납품하는 도시락 업체가 구색을 갖추려니 급식에 비할 데 없는 도시락이 이해되지 않는 것도 아니다. 그러나 휘휘 저어야 겨우 찾을 수 있는 건더기 멀건 국을 떠먹으려니 나도 젓가락이 가지 않긴 매한가지다. 매일 두세 그릇, 여분 도시락까지 가져다 먹던 B가 오늘따라 깨작거리면서 말한다.

"도시락 진짜 맛없다. 오늘은 한 그릇밖에 못 먹겠네."

"야, 예전에는 급식소 밥이 맛없는 줄 알았는데. 그때가 진짜 좋았다."

B의 말에 Y가 대꾸한다. 지나고 났더니 그때가 좋았다는 말은 나이 지긋한 어르신들만 하는 말인 줄 알았는데 5학년 남학생 둘이 앉아 고개를 끄덕이며 주고받으니 우습다.

그 둘을 지나 남은 국을 하나 더 받으러 가는 H. H는 몸이 아픈 엄마와 어려운 형편 때문에 늘 돈이 걱정이라는 말을 하곤 했다. 해맑아야 할 열두 살 어린아이를 돈 걱정하게 만든 세상이 원망스러웠다. 내가 그런 세상을 만든 어른이라는 것도 미안했다. 등교 후 H는 우유를 두 개씩 마시고 1교시를 시작한다. 1학기보다 5cm 넘게 키가 큰 H. 먹을 것이 한창 당길 시기의 H에게 우유는 감사하고 소중한 끼니임이 분명하다.

감사함을 알아차리느냐 마느냐 하는 것은 한 끗 차이다. 같은 것을 보고도 감사하는 아이, 그만하면 괜찮다고 생각하는 아이, 감사는커녕 불만을 제기하는 아이까지. 사람 사는 세상을 교실 안에다 그대로 축소해 놓은 것 같아 아이들 반응을 보며 놀랄 때가 많다.

초등학교에 다닐 때, 할머니를 부끄러워한 적이 있었다. 아들 많은 집안에 귀한 딸이 태어났다며 좋아하던 할머니의 큰 오빠가 돌도 안 된 할머니를 업고 나갔다가 논두렁 아래 계곡에 할머니를 떨어뜨렸더랬다. 돌이 되기도 전에 다리를 다쳐 140cm 작은 키에 다리 길이도 짝짝이던 할머니는 꾸밀 줄도 모르는 사람이었다. 그녀에게는 외출복도 한 벌 없었다. 집에 있을 때는 목이 다 늘어진 아빠 티셔츠를 가져다 팔을 두어 번 접고 바늘로 대충 꿰매 길이를 맞춰 입으셨다. 김칫국물이 배어 있는 옷을 당연하다는 듯 입고 계셨다. 선생님의 가정방문이 있던 날, 우리 반 아이들이 선생님을 모시고 동네를 빙빙 돌아 골목 끝 우리 집 문을 열었을 때, 구질구질한 세간살이가 부끄러웠다. 냄새날 것 같은 이불과 옷가지를 숨기고 싶었다. 선생님의 치맛자락에 우리 집 장판의 얼룩이 묻을까 쓸데없는 걱정을 하기도 했다. 그리고 무엇보다 엄마가 없다는 것이, 할머니가 엄마 대신이라는 것이 부끄러웠다.

내가 고등학생이 되어 철이 좀 들었을 때 사촌 언니가 들려준 이야기는 어린 시절 할머니를 부끄러워했던 나를 후회하게 했다. 사촌 언니는 바쁜 어른들 탓에 학교 갔다 돌아오면 아무도 없는 썰렁한 집이 서글펐다고 했다. 할머니가 계시던 우리 집이 부러웠다고 했다. 고구마며 감자며 이웃에서 얻은 간식을 챙겨놨다가 동생과 내가 돌아오면 꺼내주시던 할머니 사랑이 질투났다고 했다. 동생과 놀다가 말썽부리면 혼내 주시던 할머니가 늘 계시던 우리 집이 참 따뜻해 보였다고 했다.

15년 넘은 고물차를 폐차하고 뚜벅이 생활을 하고 있다. 푹푹 찌는 여름, 버스를 기다리며 알았다. 툴툴거리며 힘겹게 굴러가던 그 고물차가 감사한 것이었다는 걸. '엘리베이터 고장'이라는 글귀를 보며 깨달았다. 아침마다 늦게 온다고 불평만 늘어놓았던 그 엘리베이터가 나를 편안하게 해주었다는 걸. 버튼만 누르면 자동으로 펼쳐지는 우산을 사고야 말겠다고 벼르다가 소나기를 만난 어느 날 알게 되었다. 살 부러진 우산도 비를 피하기엔 충분히 감사한 존재라는 걸.

할머니가 돌아가시고 나니 이제야 알겠다. 할머니가 나에게 얼마나 소중했었는지, 우리 집을 얼마나 포근하게 만들어 주었는지 말이다.

종례 시간, 아이들을 앉혀놓고 벼르고 벼르던 말을 하고야 말았다.

"도시락이 맛없다고 불평불만 하지 않으면 좋겠다. 그건 배부른 소리야. 급식소에서 따뜻한 밥을 식판에 받아먹을 때, 그때도 맛없다고 불평하던 아이들이 많았었지. 도시락 급식을 시작해 보니까 이제야 급식의 소중함을 느끼는 것처럼 어쩌면 지금 불평하며 먹고 있는 이 도시락도, 끼니를 해결하지 못하고 있는 누군가에게는 감사한 한 끼일 수 있다. 불평할 시간에 감사할 일을 먼저 찾아보면 좋겠다. 그럴 리 없을 거고, 그래서는 안 되지만 만약 이 도시락조차 먹지 못하는 날이 오면 오늘이 감사한 날이라는 걸 분명히 알게 될 거다. 늘 감사할 것들을 찾는 눈을 갖기를 바란다."

감사 일기를 쓴 지 2년이 되어간다. 감사 일기라고 해 봐야 별것 없다. 다이어리 구석에 한 줄, 감사할 만한 것을 찾아 몇 단어 쓰는 것이 전부이다. 그런데 그 한 줄이 참 놀랍다. 가진 것을 잃어 봐야 그것이 얼마나 소중한지 비로소 깨닫던 어리석은 내가, 한 줄 기록을 남기며 이미 누리고 있는 것에 감사하며 살게 되었다. 매일 아침 일어나 따뜻한 차 한 잔 마실 수 있는 여유, 바쁜 일상 에서도 가족과 둘러앉아 함께하는 식사, 아무 이유 없어도 언제 든 전화를 걸어 안부를 묻고 농담을 주고받을 수 있는 친구, 공원 의 꽃을 즐기고 새소리를 들을 수 있는 여유, 반려견 보리의 털을 쓰다듬으며 눈 마주치고 교감할 수 있는 시간. 삶은 온통 감사한 것투성이다. 다만 그것을 발견하려면, 지금 내 곁의 소중한 것들 을 찾을 수 있는 눈, 감사함을 알아차리는 눈이 있어야 한다. 붉 은색 렌즈를 끼면 붉은색 세상이 보이고 푸른색 렌즈를 끼면 푸 른색 세상이 보이는 것처럼, 감사함을 볼 줄 아는 렌즈를 끼고 세 상을 바라보았으면 좋겠다. 매일 감사할 일을 찾는 것이 삶에 얼 마나 큰 변화를 불러오는지, 지금 있는 그대로를 감사하게 받아들 이면 일상이 얼마나 풍요로워지는지, 내가 사랑하는 사람들도 함 께 느꼈으면 하는 바람이다.

비록 오늘이 다 식어 버린 도시락 같을지라도, 살아 숨 쉬며 누 릴 수 있음에 감사하는 하루하루를 보내 보려 한다.

지금 만나러 갑니다

고지원

"**여기** 계단이 지름길이야!"

굽이굽이 이어진 계단이 산등성이까지 뻗어 있다. 그 높이를 보고 멈칫하는 날 향해 아빠가 걸음을 재촉한다. 칠순이 넘으셨지만, 청바지에 챙 모자를 눌러쓴 모습에서 환자의 모습은 찾을 수가 없다. 매일 만 보 이상을 걸으실 만큼 체력도 좋았던 아빠. 올 6월 항암치료를 시작하고 한동안 평지 걷기만 하시다가 2주 전부터 오르막 운동을 시작하셨다. 그리고 오늘은 상암 하늘 공원 억새 축제를 딸에게 보여 주기로 한 날. 아직 힘들 만도 한데 씩씩하게 나보다 몇 발치 앞서 계단을 오르신다. 꼭대기에 다다르니 시원한 서울 풍경에 가슴이 뻥 뚫린다. 내 시선이 미치기도 전에 이리저리 건물들을 가리키며 설명에 여념이 없는 아빠의 목소리가 어느 때보다 활기차다. '수다쟁이 우리 아빠, 그동안 얼마나 사람이 그리우셨을까?'

하늘 공원엔 내 키보다 큰 억새들이 끝없이 늘어서 있다. 파란 하늘과 어우러진 풍경 한편에는 코스모스들이 하늘거리고, 기나긴 무더위에 지쳤던 사람들은 반가운 가을을 카메라에 담기 바쁘다.

"저기 억새가 너무 멋지다. 거기에 서 봐. 아빠가 찍어 줄게."

마흔이 넘은 딸은 그렇게 아빠 앞에서 어린아이가 된다.

"우리 코스모스 앞에서도 같이 찍어요!"

근처 아주머니께 사진을 부탁하고 나란히 의자에 앉아 어깨를 맞대고 사진을 남긴다. 가을을 함께 기념할 수 있다는 것이 얼마나 감사한 일인지. 아빠의 콧노래가 어느 때보다 흥겹다.

"장인어른, 결과가 좋지 않네요. 대장암인 것 같아요. 빨리 대학병원에서 검사하고 수술해야 할 것 같습니다"

초조하게 검사 결과를 기다리고 있던 대기실에 정적이 흘렀다. 엄마, 나 그리고 동생은 순간 시간이 멈춘 듯 아무 말도 하지 못했다. 최근 혈액검사에서 우연히 빈혈 소견이 확인되어 내시경 검사를 권고받은 아빠. 천안에 오셔서 즐거운 첫 가족 골프 라운딩을 한 게 바로 어제 4월 1일이었다. 그리고 하루가 지난 오늘. 내과 의사인 남편 병원에서 내시경 검사를 받으셨다. 암이라니. 전날 함께 웃으며 보낸 시간이 아스라이 사라져 가는 것 같았다. 단 한 번도 나에게 이런 일이 일어날 거로 생각하지 못했다. 그야말로 청천벽력이었다. 하지만 이상하게 눈물이 나지 않았다. 대신 마음속 울분이 솟구쳤다. 그동안 여러 번 내시경 검사를 받도록 설득했지만 어떤 이유에서였는지 평생 검사를 받지 않으셨던 터였다. 그렇게 우린 암 환자 가족이 되었다. 그저 잘될 거야라고 서로를 다독일 수밖에 없었다. 진단 2주 뒤, 대장암 수술을 위한 입원 날짜가 잡혔다. 엄마의 칠순 잔치를 위해 온 가족이 모이기로 했던 바로 그날이었다.

다행히 수술은 잘 되었다. 대장암 3기 판정을 받으신 아빠는 그새 살이 6kg 이상 빠지셨다. 수척해진 얼굴과 앙상해진 팔다리에 마음이 아팠다. 기운이 없어 저절로 구부러진 허리와 한 발 한 발 걸으시는 모습에 내 맘도 타들어 갔다. 아침 일찍 일어나 집 안 구석구석을 청소하시고 물건을 정리하고 반찬 만들기를 하며 하루 종일 쉬지 않던 아빠의 일상이 멈추었다. 밖은 봄 햇살이 가득했지만 유독 겨울 같았던 4월이 그렇게 지나갔다.

"입원 잘하셨어요? 이제 얼마 안 남았으니 파이팅 하세요!"

"3인실이 널찍하니 좋아. 먹을 것도 싸 왔고 마치 소풍 온 기분이야. 걱정하지 마."

아픈 배우자 옆에서 엄마의 일상도 멈추었다. 하지만 긍정의 김여사답게 수화기 너머 들려오는 목소리가 씩씩하다. 6월부터 시작된 아빠의 항암치료. 2주에 한 번씩 병원에 2박 3일 입원해서 항암 주사를 맞고 오는 총 12번의 긴 여정이다. 가족들의 응원에 보답이라도 하듯 아빠는 항암 기간을 잘 이겨 내고 있다. 계절이 겨울로 접어드니 허리도 예전의 모습을 되찾고, 집 안 구석구석에 아빠의 손길이 다시 닿고 있다. 속이 불편해도 식사를 잘 챙기려고 스스로 노력하신 덕분이다.

2024년 3월, 밤에 당직 근무를 하는 서울 직장으로 이직을 했다. 대학생 때부터 난 지방에서 떨어져 혼자 생활했다. 대학 졸업과 동시에 결혼하고 천안에서 지내며 서울 사시는 부모님은 일 년에 몇 번 못 보고 지낸 세월이 20여 년이다. 서울로 이직이 결정된 후 받은 아빠의 암 진단. 덕분에 2주에 한 번 출근 전 친정에 들러 부모님의 안위를 살피고 있다. 지난 20여 년의 아쉬움을 만회할 기회를 올해 얻었다고나 할까.

항암치료를 시작하며 사람 만나는 것을 중단하고, 익힌 채소와 단백질 위주의 식사만 하시면서 하루하루 무료하셨을 아빠의 시간. 출근 전 친정에 들르겠다는 딸이 기다려지시는지 영등포역으로 마중 나오겠다고 하는 목소리에 작은 흥분이 느껴진다. 출근 시간이 오후 5시인 덕분에 평일 낮에 즐기는 부모님과의 데이트. 맛집을 찾아 함께 점심을 먹고 미리 물색한 서울 나들이를 한다. 덕분에 나도 처음으로 한강 유람선도 타 보고, 서오릉 숲길도 함께 걷고, 인사동 한옥 카페 구경도 가 보았다. 때론 엄마가 일정이 있으시면 아빠와 단둘이 시간을 보내기도 했다. 아빠가 좋아하는 보리굴비 맛집도 가고, 한강이 보이는 카페에 앉아 두런두런 이야기도 나누고, 하늘 공원에서 가을 냄새도 함께 맡았다. 예상치 못한 나의 이직과 아빠의 암 진단이 부녀 상봉이라는 긍정적 효과를 내게 될 줄이야. 부모님의 적적함을 위로해 드리고자 시작한 친정 방문이 어느덧 내게도 큰 즐거움이 되었다.

어렸을 때 부모님은 맞벌이를 하셨다. 엄마가 바쁘실 때면 아빠는 나를 데리고 서울대공원에 자주 데려가 동물 구경을 시켜주셨다. 동물원에서 찍은 사진 속 나는 든든한 아빠 어깨 위에 목마를 타며 환하게 웃고 있다. 아빠는 늘 다정다감하셨다. 회사 일에 바쁘셨지만 늦게 들어오시는 날에도 꼭 방문을 열어 잠든 나와 동생의 얼굴에 뽀뽀하셨고, 고등학생 때도 딸들의 머리를 손수 말려 주신 기억이 난다. 가족 기념일은 꼭꼭 챙기셨고 어린 나와 동생을 위해 여행도 많이 데리고 다니셨다. 성격은 얼마나 또 깔끔하신지 머리카락 한 올도 아빠 앞에선 허락되지 않는다. 정갈한 글씨로 빼곡히 적은 달력에는 집안 대소사부터 하루에 챙겨야 할 아빠의 모든 일정이 기록되어 있다. 부지런하고, 꼼꼼하고, 깔끔한 아빠의 모습은 늘 그 자리에 그대로일 거라 믿었다. 든든한 어깨도, 다정한 손길도 영원할 거라고 생각했다. 아빠가 아프시기 전까지는 그랬다.

10여 년 전, 평생을 바치신 회사에서 퇴사하시고, 이어서 딸들은 시집을 가고 많은 빈자리가 느껴졌을 그 시간들을 난 헤아리지 못했다. 육아와 일로 바쁘다는 핑계로 한 달에 한두 번 드리는 안부 전화가 다였다. 무소식이 희소식이라 생각하며 지냈다. 하지만 올해 아빠의 투병으로 서로 얼굴 보며 먹는 밥 한 끼가 얼마나 소중한지 깨달았다. 무소식으로 지낸 시간이 너무 안타깝고 죄송했다. 올해 우리 가족을 혼란에 빠뜨리고 힘들게 한 얄미운 암. 하지만 서로 아픔을 끌어안고 보듬을 수 있는 마법 같은 시간을 선사해 주었으니, 암에게 약간 고맙기도 하다.

"다음 주에 보자. 조심히 가!"

출근을 위해 친정집을 나서는 날 향해 아빠가 손을 흔든다. 새해에는 예전처럼 쩌렁쩌렁한 목소리로 유쾌하게 사람들과 이야기하시는 모습을 그려본다. 무엇보다 새로 찾은 건강으로 올해 못다한 즐거운 시간을 엄마와 마음껏 누리셨으면 좋겠다. 아빠의 새로운 인생 라운딩은 이제 시작이다. 그 옆에는 늘 어린 시절의 '딸'로 남아 있고 싶은 내가 함께할 것이다.

후회 없을 만큼 사랑해도 훗날 후회가 될 텐데. 사랑하는 이와 함께 가야 할 길이 바쁘다.

일상이 반짝이는 순간

김진하

2024 리그오브레전드 월드 챔피언십 결승전이 영국 런던에서 열렸다. 결승에는 모두의 예상을 깨고 한국팀 4번 시드인 T1이 올라갔다. 상대는 올해 가장 강하다고 평가받는 중국의 1시드 BLG 팀이다.

결승전 중계를 보기 위해 천안 펜타포트 CGV로 차를 몰았다. 사실 집에서 유튜브로도 볼 수 있다. 하지만 응원의 열기를 직접 느끼고 싶어 망설이다 표를 예매했다. 경기 시작 전 아슬아슬하게 도착한 영화관에는 이미 사람들로 가득했다. T1의 유니폼과 모자를 쓴 사람들이 보였다. 늦은 밤에 이 정도의 사람이 모여 있다니 신기하다. 팝콘을 사러 매점으로 갔다. 경기 시간이 지났는데도 키오스크 앞마다 대여섯 명씩 줄을 서 있었다. 대부분 고등학생과 20대였다. 30대로 보이는 사람도 간혹 있었지만 아무리 봐도 내가 가장 연장자 같다. 여기 있어도 되나 자꾸 움츠러든다. 그래도 옆에 21살 아들이 함께여서 다행이다.

11시에 시작된 경기는 새벽 3시까지 이어졌다. 5판 3선승제의 마지막까지 엎치락뒤치락 접전이 펼쳐졌다. 한 세트가 끝날 때마다 화장실 앞에 길게 늘어선 사람들은 저마다 경기를 분석했다. 승패에 따라 목소리 톤이 달라졌다. 2 대 2 상황에서 마지막 경기가 시작되었다. T1의 승리를 기원하며 이번 주 내내 선행을 쌓았는데. 제발 이기길. 드디어 상대 기지(넥서스)가 파괴되며 T1이 결승에서 승리했다. 우승이 확정된 순간 누구 할 것 없이 벌떡 일어나 뛰어오르며 기쁨의 환호성을 질렀다. 영화관 안은 열광의 도가니 그 자체였다. T1은 작년에 이어 올해도 롤드컵 우승컵을 들어 올렸다. 승리에 들뜬 우리는 시상식과 수상소감, 우승 세레모니까지 한 장면도 놓치지 않고 영화관에 남아 지켜봤다. 밤을 새웠지만, 전혀 피곤하지 않았다.

8, 9년 전이었다. 상담하던 고등학교 남학생은 롤을 잘하기로 학교에서 유명했다. 하지만 롤에 관심을 보이는 내게 "롤은 진짜 중독되는 게임이니까 선생님은 절대 시작도 하지 마세요."라고 신신당부했다. 진심이 느껴지는 조언에 진짜 중독될까 봐 알려고 하지 않았고, 그 후로 잊고 지냈었다.

그러다 작년 항저우 아시안게임에 e스포츠가 정식종목으로 채택되었다는 뉴스를 접했다. '게임을 잘하면 금메달을 딴다고?' 신기했다. 종목 중에는 롤도 포함되어 있었다.

롤은 스타크래프트보다 화면이 복잡했다. 5명이 한 팀으로 총

10명이 하는 게임이라서 뭉쳐 있으면 누가 우리 팀인지도 헷갈렸다. 해설을 들으며 그냥 봤다. 모르는 것은 게임을 잘하는 아들에게 물었다. 아들은 설명하다가도 엄마는 어차피 어려워서 잘 모른다는 식으로 넘어갔다. 그래도 멈추지 않았다. 아시안게임에서 우리나라 롤 국가대표팀은 다른 어떤 팀보다도 강했고, 결국 모두를 이기고 금메달을 목에 걸었다. 응원하는 내내 너무 흥분되고 즐거웠다. 아시안게임이 끝나자, 내 관심은 자연스럽게 우리나라 롤 프로리그로 향했다. 서서히 롤 챔피언의 공격 방법과 아이템을 알게 되었다. 응원하는 팀과 선수도 생겼다. 롤 게임 영상을 찾아보는 건 이제 익숙해진 일상이다. 일할 때를 빼고 틈만 나면 포털, 인스타그램, 유튜브 등을 통해 롤 게임 관련 정보를 검색한다. 아들과도 게임에 대해 종종 이야기한다. 알지 못했던 새로운 문화에 또 발을 디뎠다.

스물다섯 살에 결혼하면서부터는 회사 다니고, 아이 낳아 기르고, 살림을 병행하는 생활의 연속. 아이들 챙기다 보면 잠잘 시간도 부족했다. 나를 놓치고 살 때가 많았다. 그렇게 10년을 보내고 나니 소진이 왔다. 빈혈도 심해졌고 모든 의욕이 바닥났다. 가장 힘들 때도 신랑은 도와줄 틈 없이 일로 바빴다. '나만 희생하며 사나?'하는 생각이 들 때면 화도 났다.

30대 중반에 대학원 진학으로 스케줄은 더 빠듯해졌지만, 상담 공부는 한숨 돌리는 시간이기도 했다. 매주 수업 시간에 교수님은 "무엇이 좋아졌습니까?"를 물었다. 답을 찾아가야 했다. 힘들고 어려운 것을 말하라면 끝도 없지만 좋아진 것은 좀처럼 생각나지 않았다. 굳이 찾자면 드라마 시청을 좋아하고, 틈틈이 드라마와 관련된 다음 카페나 디시 갤러리를 찾아보는 것이 당시 내 유일한 취미였다.

지난주보다 나아지기 위해 지금 할 수 있는 즐거울 거리를 열심히 찾았다.

정우, 김연우, 임영웅. 내 스타를 응원했다. 처음에는 기사를 찾아보고 댓글을 달았고, '좋아요'를 눌렀다. 정보가 많은 팬카페에도 가입했다. 온라인에서만 활동하던 것이 차츰 오프라인으로 연결됐다. 용기 내어 두 아들과 여행을 겸해 김연우가 카레이싱을 한다는 영암으로 내려갔었다. 카페 회원들과 함께 응원하고 김연우와 사진도 찍었다. 김연우의 콘서트장에서 간식과 사진 나눔 이벤트도 함께했다. 시간이 흘러 올해 봄과 가을엔 임영웅이 특별 공연을 하는 상암과 대전 월드컵 경기장에 신랑과 함께 나들이 가서 축구하는 임영웅을 열심히 응원했다.

대학원 논문 주제를 정할 때도 이런 경험이 도움이 되었다. 앞서 박사학위를 받은 선배들의 논문을 찾아보니 신기하게도 논문에 그 선배의 평소 모습이 담겨 있었다. 가장 고민하고, 관심 있어 한 주제가.

가장 나다운 주제가 무엇일지 깊이 고민하지 않아도 알았다. 당시 내 관심사는 오로지 임영웅이었다. 임영웅 관련해서 논문을 쓴다면 어떻게 접근하면 좋을까만 고민했다. 그때 임영웅의 팬덤 '영웅시대'가 보였다. 가족 상담학과인데 사회학 논문이 나오지 않겠냐는 염려에도 꿋꿋하게 논문을 써 나갔다. 자료를 찾는 것도, 기사 검색도 원래 하던 일이다. 전국 각지로 인터뷰하러 가는 길은 다른 영웅시대 회원을 만날 생각에 설렜다. 처음 만난 연구 참여자와의 인터뷰에 시간 가는 줄 몰랐다. 자료들을 모아 글로 쓰는 과정도 외국 논문들을 찾고 분석하는 과정도 힘들지 않았다. 가장 나다운 논문이 완성됐다. 하루도 빠짐없이 논문을 쓰고 고치며 외우다시피 했던 터라 다섯 분의 교수님을 모신 공개 사례 발표도 심사도 무사히 통과했다. 영웅시대 카페에서 축하와 지지를 받으며 박사학위를 받았다. 가장 좋았던 것은 임영웅 소속사에 제본된 논문과 편지를 보낸 것. 2년의 노력이 마침내 결실을 보았다.

여전히 일, 공부 그리고 집안일로 바쁘게 지낸다. 예전과 달라진 점은 힘들다고 누구를 원망하지 않고, 긍정적으로 생각하는 것이다. 해야 할 일만 하는 것이 아니라 하고 싶은 것도 그때그때 하며 산다. 얼굴이 밝다는 말을 종종 듣는다.

하는 일과 여전히 관계없고, 지금은 쓸모없어 보이지만 내 가슴을 뛰게 하는 것. 열정을 쏟아 무언가를 하느라 오늘도 하루가 짧다.

그리고 좋아하는 일을 했을 뿐인데 예상치 못한 결과가 따라왔다. 생각지도 못한 멋진 장소에 가 닿았다. 접점이 없던 많은 사람과 만났다. 잡다한 지식을 다양하게 쌓았다. 그랬더니 독특한 경험을 가진 상담자로 대화의 폭이 넓어졌다. 열심히 일만 하고 살았더라면 경험할 수 없는 것들이다.

나를 위해 쏟는 시간이 일상이 되었다.

그 일상을 모아 놓으니, 순간순간이 반짝인다. 참 행복하다.

황금과 쓰레기

김하세한

월요일 3시가 넘어가는 오후, 카페의 따뜻한 분위기가 나를 감싸고 있었다. 아침에야 도착한 제주에서의 2박 3일간의 여행이 남긴 여운은 여전히 마음속 깊이 자리 잡고 있었다. 성산 일출봉 앞에서 바라본 푸른 바다와 아름다운 풍경, 그리고 제주 갈치조림, 성게미역국 등 맛있는 음식들이 떠오르며 여행의 즐거움이 가득 차올랐다. 미리 휴가를 내었기에 이 시간은 어떤 방해도 받지 않는 오롯한 나만의 시간이었다. 책 두 권과 노트, 그리고 진한 향의 뜨거운 커피가 테이블에 놓여있었다. 넓은 창을 통해 들어오는 햇살은 나의 온몸을 어루만져 주고 있었다. 평안한 일상을 보내는 나는 나에게 흐뭇한 미소를 지으며 커피 한 모금으로 향을 더하였다. 창가에서 가을 햇살이 이렇게 좋았던가. 책의 페이지를 넘길 때마다 새로운 세계에 빠져들었고, 노트에 적는 생각들은 내 마음속 깊은 곳까지 울려 퍼졌다. 무엇 하나 부족함이 없었다. 가끔 창밖을 바라보면, 지나가는 사람들과 바람에 흔들리는 나뭇잎들이 일상의 소중함을 일깨워주었다. 이 평화로운 오후는 마치 내가 소중히 간직하고 싶은 작은 보물 같았다. 그 순간, 나는 내 삶의 작은 행복들을 다시금 느끼며 앞으로의 날들도 이렇게 나만의 시간으로 가득 채우고 싶다는 생각이 들었다.

잠시 후 울리는 핸드폰 벨소리, 작은 아이다. 목소리가 떨리며 이어졌다.

"엄마, 나 안 다쳤구요. 피해자예요. 제 보험회사가 어디예요?"

"○○화재고, 전화번호는 ○○○○-○○○○이야."

"알겠어요."

아이는 애써 평온을 유지하려 했지만, 목소리에는 긴장감이 감돌았다. 엄마를 걱정시킬까 염려하며 감정을 숨기려는 징후가 역력했다. 나도 놀라지 않은 척 대답했지만, 심장은 쿵쾅거리기 시작했다. 전화가 끊어지자 평화로웠던 시간은 순식간에 두려움으로 변했다. 아이는 용인시에서 친구 생일파티에 참석 중이라고 연락했었고, 지금은 그 파티가 끝난 후 이동하는 중일 것이었다. 부리나케 책과 노트를 챙기고 시동을 걸었다. 목적지는 용인시청. 사고 장소는 알 수 없었지만, 그저 용인으로 향할 수밖에 없었다. 천안 IC를 지나며 다시 통화가 연결되었다.

"왕복 6차로 교차로에서 사고가 났어요. 큰 부상은 없어요."

그러나 딸의 목소리에서는 여전히 긴장감이 감돌았다. 위치를 공유받고, 나는 운전에 더 집중했다. '급할수록 돌아가라'라는 말이 귓가에 맴돌았다. 당황했던 나는 사고가 나면 더 큰 일이라는 생각에 마음이 조급해졌다. 안성을 지나며 고속도로의 정체는 더욱 심해졌고, 애달픈 마음을 알지 못하는 정체가 더욱 야속하게 느껴졌다. 운동선수인 아이에게 신체 부상은 치명적이었다.

"손목을 다쳤고, 움직이기가 어려워요."

그 말은 나에게 현기증을 불러일으켰다. 에어백이 터지며 핸들을 잡고 있던 오른손에 강한 충격이 가해졌다. 사고는 순식간에 일어났고, 그 결과는 치명적으로 다가왔다. 그렇게 평화로웠던 일상은 지옥의 현장으로 변해버렸다.

딸을 만나 병원으로 갔다. 평상시 많다고 여겼던 병원이 머릿속에 떠오르질 않았다. 다행, 천만다행으로 손목 부상은 골절이 없고 타박상이 심한 것으로 진단되었다. '감사합니다' 소리가 저절로 나왔다. 감사함의 대상이 누구인지도 모르고 무작정 감사하다는 말만 연이어 뱉었다. 양쪽 골반과 무릎을 중심으로 타박상의 흔적이 멍으로 남아 시푸르뎅뎅했다. 에어백이 터질 때 받은 충격으로 목에 통증과 뻣뻣함도 나타났다. 딸의 상태를 알고 나니 오히려 긴장감이 줄어들었다. 비로소 차량 파손 상태가 눈에 들어왔다. 앞 범퍼는 전손하였고 에어백은 터져서 전쟁터와 같았다. 운전석과 뒷좌석으로 이어지는 파손도 심각했다. 아찔했다. 그 와중에 또 감사하다는 마음이 들었다. 신차로 인수한 지 이틀째다. 이전 차로 같은 사고를 당했다면 어땠을까? 튼튼한 SUV 차량으로 바꾼 것이 신의 한 수라고 생각되었다. 딸은 새 차를 엉망으로 만든 사고가 원망스럽고 차량이 아까워 탄식했다. 사고를 일으킨 개인택시 어르신도 걱정이 되는지 상태를 물어보았다. 교차로의 빨간 신호를 딴생각하느라 보지 못하고 주행하다 정상적인 초록 신호를 받고 진행하는 딸의 차를 들이받은 사고였다. 택시 기사는 나이가 70은 되어 보였다. "인생은 우리가 계획한 대로 흘러가지 않는다. 하지만 그 속에서도 우리는 감사할 것들을 찾아야 한다."라는 말이 떠올랐다. 이 사고로 인해 마음은 아팠지만, 그나마 딸의 상태에 감사하는 마음도 생겼다.

온몸에 힘이 빠져 천근만근이 된 몸을 끌고 간신히 집에 도착했다. 소파에 털썩 주저앉았다. 집에 오니 오늘 하루가 마무리되는 것 같아 안심하는 마음도 한쪽에 생겼다. 그때, 다른 지역에서 학교 다니는 아들의 전화가 울렸다. 누나 사고 소식을 알고 있기에 경과를 묻는 전화라고 예상하고 받았다.

아들은 대뜸 말했다.

"엄마, 신호 대기하고 있는데 뒤에서 받았어요."

"뭐라고? 사고가 났다는 거야?"

"다치지는 않았는데 차가 찌그러졌어요."

사고는 이것으로 끝나지 않았다. 진짜 해도 해도 너무한다. 하루에 두 아이가 상대방들의 과실로 사고가 곰비임비 일어난 것이다. 이럴 수는 없다. 별별 생각들이 스쳐 갔다. 내가 무슨 잘못이 있어 벌받고 있는가 싶었다. 그래도 이해할 수가 없었다. 평안했던 하루가 손가락 하나 까딱거릴 힘도 없는 지옥으로 변했다.

여행을 다녀올 수 있었던 것, 그 기간 가족들이 아무 일 없이 잘 지낸 것 모두 감사했다. 직장 업무가 잘 처리되고 있는 것도 감사함이다. 여행을 갈 수 있는 건강 상태도 감사하고, 함께 여행을 가는 친구가 있다는 것도 감사하다. 여행 비용 걱정 없이 다녀올 수 있는 것도 감사함이다. 소소하다고 생각했던 모든 일이 감사했다. 튼튼한 신차로 사고가 난 것조차도 신체를 보호해 줄 수 있었으니 다행이다. 뼈를 다치지 않은 것도 다행이고, 상대방 운전자도 큰 부상이 없어서 다행이다. 상대방의 100% 과실 여부를 떠나, 모든 것이 다행으로 집중되었다. 이렇게 평온한 하루와 지옥 같은 하루가 교차하면서 마무리되었다. 그 순간의 고통과 혼란 속에서도, 나는 내 삶의 작은 것들에 감사할 수 있는 눈을 갖게 되었다.

앞으로 어떤 일이 닥치더라도, 그 속에서 긍정의 씨앗을 찾아내고 다시 일어설 힘을 얻으며 지치지 않고 나아가고 싶다. 감사와 다행의 마음만 있으면 충분하다. 아무 일 없이 반복되는 일상이야말로 진정한 감사함을 느낄 기회이다. 지루한 일상에서 느껴지는 편안함은 그 지루함이라는 포장지로 싸여 있다. 자신의 의지에 따라, 어떤 어려운 상황에서도 이를 받아들이고 해석하는 해답을 찾아 이겨 낼 힘을 키울 수 있다. 자신이 내리는 해석에 따라 내일의 결과는 달라질 것이다. 행복이라는 황금을 심으면, 빛나는 황금이 열매를 맺는다. 반면에 쓰레기를 심으면 악취 풍기는 쓰레기 밖에 나올 수 없다. 결국, 우리가 무엇을 심을지는 온전히 우리의 선택에 달려 있다. 이러한 선택은 매일의 작은 결정에서 시작된다. 긍정적인 생각을 하고, 사랑과 감사의 마음을 가지며, 주변 사람들에게 친절을 베푸는 작은 습관들이 모여 우리의 삶을 변화시키고, 우리가 원하는 황금을 키워낼 수 있다. 어떤 씨앗을 심고 싶으신가?

2-6

새벽의 인사

김효진

새벽 5시, 알람도 울리기 전에 잠에서 깼다. 집 안은 온통 어둠으로 가득하다. 손을 더듬어서 머리맡의 스탠드를 켰다. 옅은 노란빛이 방 안에 퍼져나간다. 무거운 눈꺼풀이 가벼워질 때까지 기다려본다. '조금 더 잠을 자볼까?' 하다가 어서 일어나는 편이 낫겠다고 생각하고 벌떡 일어났다. 부지런히 하루를 맞이하고 싶은 의욕이 샘솟았다.

서둘러 집을 나왔다. 발걸음이 경쾌하다. 건물들의 불빛은 하나, 둘 드문드문 켜져 있고, 나보다 먼저 하루를 시작한 사람들이 활기차게 아침을 준비하고 있었다. 편의점엔 택배차가 도착해서 새 물건들이 진열되고 있다. 교복을 입은 학생들은 차분한 표정으로 등교하고 있다. 고요함을 배경 삼아 생동감 넘치게 움직이는 새벽.

아침이 다가올수록 새벽의 검은 어둠이 조금씩 푸른 어스름으로 바뀌고 있다. 히말라야를 등정했던 K가 동이 트기 전에 바라본 하늘의 빛깔을 말해준 적이 있다. 푸른색과 보라색이 만들어 내는 대자연의 신비로움이라고 했다. 그때 K가 보았다던 그 새벽의 색을 오늘 만난 것 같았다.

길을 걸으며 다른 곳으로 시선을 옮겼다. 밤사이에 잠들었던 사물들을 다시 깨워내는 마법을 부려보고 싶었다. 하늘로 가지를 쭉 뻗은 나무에 아침 인사를 하니, 잎과 가지가 깨어나 온몸을 활짝 폈다. 잠이 깬 나무들이 나에게 하루의 행운을 선물하는 것 같았다. 만약 오늘 뜻밖의 기쁨을 만난다면 그것은 나무가 건네준 행운의 선물 덕분일 것으로 생각했다. 우리에게 매일 주어지는 하루는 신의 공평한 선물이다. 그래서 새벽을 먼저 만나는 일은 그 선물 상자를 다른 사람보다 먼저 열어 보는 일과 같다. 새벽을 만나는 일은 거룩한 일일 수밖에 없다.

새벽에 관한 기억 중에 선명한 빛깔로 남아 있는 한 사람이 있다. P를 처음 본 것은 스무 살 때였다. 그는 내가 다녔던 대학교 도서관의 한 부서를 총괄하고 있는 책임자였다. P는 늘 양복을 입고 있었고, 검은색의 뿔테 안경을 쓰고 있었다. 표정은 다소 무뚝뚝한 편이었는데, 장애로 인해 한쪽 다리를 절었다. 도서관에 자료를 찾으러 갈 때마다 마주치는 P에게 자주 인사를 건넸다. 그렇게 건넨 인사 덕분에 그는 나를 예의 바른 학생이라 생각했던 것 같다. 1학년부터 4학년이 될 때까지 일주일에도 두세 번은 꼭 도서관에 갔다. 너무 자주 만난 탓일까? 가끔은 P가 한 동네에 살았던 이웃사촌처럼 느껴질 때가 있었는데, 시간이 쌓은 익숙함 때문이었을 것이다.

2006년, 임용시험을 준비하느라 매일 새벽 도서관에 가던 시절이었다. 오전 6시부터 9시까지 공부를 마치고 나면 늘 열람실 밖으로 나왔다. 여름 해가 이미 뜨거운 열을 뿜고 있을 때, 나는 오전 시간 공부를 마치고 꿀 같은 휴식을 만끽했다. 간단히 자판기 커피를 한잔하고 나면 늘 그랬듯 도서관 로비 한편에 마련된 의자에서 스트레칭하면서 몸을 풀었다. 그날은 스트레칭하다가 우연히 P를 만났다.

오랜만에 마주친 P에게 인사를 했다. 그는 주머니에서 무언가를 꺼내더니 나에게 주었다. 그가 건넨 것은 포장지에 감귤 그림이 그려진 작은 초콜릿이었다. 매번 도서관을 들를 때마다 인사만 했을 뿐, 다른 대화를 나눠 본 적은 없었기 때문에 다소 어색했다. 나는 P에게 고맙다는 말을 전했다. 열람실로 돌아와 초콜릿의 포장을 벗겼다. 갈색의 네모난 초콜릿을 한입 베어 물으니 상큼한 감귤 향이 입안을 가득 채웠다.

임용시험이 한 달 앞으로 다가온 때였다. 공부를 마치고 걸어서 30분 남짓 되는 길을 돌아 집에 거의 다다를 때쯤, 아파트 상가 앞에서 그를 다시 만났다. 알고 보니 그와 나는 정말로 이웃사촌이었다. 내가 살고 있는 아파트의 바로 옆 단지에 살고 있었다.

"공부 열심히 하고 있죠? 믿어요. 잘 해낼 거예요."

그 응원의 말이 임용시험을 치는 날까지 내게 큰 힘이 되었다.

"믿어요"라는 말 속에는 고단한 수험생활을 버티게 하는 강력한 힘이 있었다. 1년 동안 임용시험을 준비하며 체력이 바닥 나 꾸벅꾸벅 졸기도 하고 좀처럼 외워지지 않는 교육학 이론을 붙들고 종이를 찢으며 짜증을 낸 적도 있었다. 그때마다 나를 붙잡아 준 건 P의 "믿는다."는 말이었다.

시험을 한 달 남긴 어느 가을날, 불안과 긴장이 높아져 내 기분은 힘껏 잡아당긴 고무줄처럼 팽팽했다. 그러나 그의 응원을 떠올릴 때면, 긴장이 스르륵 풀리고 자신감이 솟았다.

시험을 무사히 마치고 이듬해 3월, 도시 외곽의 한 초등학교에 발령받았다. 그리고 그해 여름, 대학원 공부를 시작하면서 도서관에서 P를 다시 만날 수 있었다. 예전처럼 공손하게 인사를 드리니 P는 차 한 잔을 내주셨다.

"그 초콜릿 말이에요. 어떤 이야기가 담겨 있는 줄 모르죠?"

그는 차분하게 이야기를 시작했다.

"그 초콜릿을 주던 여름에 저는 믿었던 사람한테 배신을 당하고 너무 고통스러워하고 있었어요. 답답한 마음에 주말 동안 혼자 제주도 여행을 갔어요. 길지 않은 일정이었지만 일상과 떨어져서 마음을 치유한 여행이었어요. 돌아오는 날 공항에서 감귤초콜릿 한 상자를 사면서 생각했어요. 여기 들어있는 초콜릿 하나를 월요일에 가장 처음 만나는 사람에게 건네야겠다고요. 그 사람이 바로 학생이었어요."

그는 내게 자세한 사연을 들려주었다. 가장 믿었던 사람에게 배신을 당한 이야기에 나도 속으로 분이 났다. 담담한 그의 목소리에서 알 수 없는 먹먹함이 느껴졌다. 그 초콜릿엔 어두움을 밀어낸 새벽의 힘이 담겨 있었다는 것을 깨달았다.

다음 해 여름 방학에 도서관에 들렀을 때는 P를 만날 수가 없었다. 도서관 옆에 있는 복사실 사장님께 그의 소식을 물었다. 갑자기 일을 그만두고 이민했다는 소식만 들었다고 했다. 그가 더 좋은 삶을 찾아갔기를 바랐다. 마음속으로 마지막 인사를 했다.

"당신의 새로운 새벽을 만날 수 있게 해 주셔서 고맙습니다."

나도 오늘은 맨 처음 만나는 누군가에게 반가운 인사를 건네고 싶다. 상냥한 표정과 밝은 얼굴로 '오늘'이라는 새로운 시작을 전하고 싶다. 짧게 나눈 인사, 기분 좋은 하루를 만들었으면 좋겠다. 복잡하고 힘든 일이 많은 일상, 흔들리지 않는 마음을 지킬 수 있는 건 누군가 건넨 사소한 말 한마디에서 올 수 있다는 것을 깨달은 그날. 그 기분을 건넬 수 있었으면 좋겠다.

살고 싶을 때,
죽고 싶은 날

송기홍

"**하나님**, 저 체중 좀 늘려 주세요."

"그래, 너는 살만 찌고 싶니?"

지금은 체중이 많이 나가 고민이지만, 살 좀 찌게 해 달라고 기도하던 때가 있었다. 1982년 그해 여름에 체육관에서 아이들에게 태권도를 지도하다가 뇌수막염으로 병원에 입원하게 되었다. 병원에 도착했을 땐 체온이 40도에 달했고, 겨우 속옷만 입힌 채 여러 명의 간호사가 얼음 마사지를 해 주었다. 그다음은 기억이 없다. 갑자기 떨어진 체온으로 몸에 무리가 왔다. 중환자실로 옮겨졌다. 중환자실에서 삼사일이 지나도 차도가 없자, 아버지는 아들이 살아날수 없을 것 같다는 생각에 장례를 준비했다고 한다. 하지만 23일간의 입원을 마치고 건강을 회복하며 퇴원했다. 퇴원하는 날 의사는 "최소한 1년 정도는 땀 흘릴 만큼의 운동은 절대 하지 마세요!"라고 했다. 그 일로 태권도를 계속할 수 없었다. 체중은 70kg에서 45kg

으로 내려갔고, 힘도 없었다. 그래서 기도했던 내용이 "하나님, 저 체중 좀 늘려 주세요." 하는 것이었다.

　어릴 적부터 교회에 다녔고, 중고등학생 때는 교회 일을 열심히 하였다. 하나님의 음성을 듣고 고등학교 1학년 때 목사가 되겠다고 기도했었다. 신학대학 진학을 위해 입시를 준비할 때, 아버지의 완강한 반대로 진학을 포기해야만 했다. 그리고 태권도를 지도했었는데, 이제는 태권도를 지도할 수 없게 되었다. 병원에 입원해 있을 때 중환자실에서 좀처럼 깨어나지 못하는 아들을 보면서 '아들이 다시 건강해지기만 하면 무엇이든지 지지하고 도와주겠다.'라는 마음으로 아버지께서 기도하셨다고 했다. 건강이 회복되면서 본래의 꿈이던 신학대학에 진학하기 위해 공부를 다시 시작했고, 결국 목사가 되었다.

　목사가 된 후에는 모든 게 잘 풀릴 것으로 생각했다. 하지만 여전히 여러 가지로 어려움이 있었다. 한번은 사람을 너무 믿었다가 큰 어려움을 겪게 되었고, 그 일로 자신이 바보 같고 후회가 밀려왔다. 죽을 만큼 힘든 시기였다. 그러던 중 기도원에 가서, 금식 기도를 결심했다. 처음에는 기도가 잘 나오지 않았지만, 며칠이 지나면서 기도하기 시작했다. 그렇게 21일간 금식하며 기도했다. 힘든 시간이었지만 결국 마음의 평안을 찾고 기도원에서 내려왔다. 그러나 현실은 변한 것이 없었고 여전히 막막했다. 3주 동안 금식해서 살은 많이 빠졌고 체력도 바닥이었지만, 가족에게 부끄럽지 않은 가장이 되기로 결심했다. 기력이 회복되면서 일자리를 찾아 나섰고, 무슨 일이라도 해서 가족들을 책임져야 한다는 생각이 간절했다.

아이들은 고등학생, 중학생, 초등학생이 각 1명씩 있었고, 생활비가 없었다. 그래서 나쁜 일이 아니라면 무엇이든 해서 가족의 생계를 책임져야 한다고 생각했다. 전봇대에 올라 초고속인터넷 설치하는 일도 며칠간 따라다녔다. 용역센터에 나가 일용직 일자리를 찾아보기도 했다. 매일 교차로 신문을 이 잡듯 뒤적였지만 할 수 있는 마땅한 일을 찾기란 쉽지 않았다. 그러다가 만난 것이 대리운전이다. 지인의 소개로 대리운전을 시작했고, 거리를 뛰어다니며 대리 차량을 옮겨타고 또 옮겨탔다. 그 시기에는 모든 것을 다 내려놓았다. 친구나 친지에게도 연락하거나 만나지 않았다. 자존감은 바닥을 치고 또 땅속으로 계속 내려가고 있었다. 술에 취한 차주의 횡포에 적절히 대처하지 못한 채 자존심만 상했다. 마음 같아서는 한 방 날리고 싶었지만, 가족을 생각하면 참아야만 했다.

빨간색 신호등 앞에 대기하고 서 있으면 "야! 빨간 불은 빨리 가라고 있는 거야. 빨리 가. 밟아!", "왜 이렇게 꾸물거려? 에이, 시팔, 빨리 가!" 이렇게 말한다.

차주는 나보다 나이가 훨씬 어려 보이는데, 거친 욕설을 내뱉으며 말을 함부로 했다. 그런 사람들 앞에서 내 자존감은 바닥을 쳤다. 태권도 유단자인데 이런 상황에서는 아무 소용이 없었다. 한 방 날리고 싶었지만, 그럴 수도 없었다. 나도 모르게 어린 시절의 눈치 보기 습관이 다시 올라왔다. 자존감이 떨어지면 말도 더듬던 초등학교 시절처럼 좀처럼 말하기 싫었다. 그래도 가끔은 수고한다며 팁을 얹어주는 차주들도 있었다. 그때는 경제적으로 어려운 시기라 천 원도 크게 여겨졌다. 그리고 팁을 얹어주는 차주들이 매우 고마웠다. 그들 앞에서는 비굴해 보일 만큼 굽실거렸다. 새벽녘이 되어 대리 일이 뜸해지면 집까지의 거리가 1시간 이상 걸리는 먼 곳이어도 걸어갔다. 걸어가면서 혹시 대리 호출 벨이 울릴까 봐 전화기를 바라보며 귀가했다. 그렇게 귀가하면 가족들 모두 곤히 잠들어 있었다. 어떤 때는 아침 버스를 타고 귀가하는 날도 있었다. 그때는 사람을 만나는 것이 싫었다. 친구는 물론 부모와 형제를 만나는 것도 피했다. 어린 시절 기죽은 아이의 모습, 눈치를 보며 살던 못난 모습으로 다시 돌아갔다. 과거 잘 나갈 때의 그 자신감은 아주 멀리 사라졌다. 지금 이렇게 초라한 모습이 된 것이 모두 내 탓인 것 같았다. 아내와 아이들에게 못난 가장이라는 죄책감 때문에 할 말이 없었다.

아내에게 말이 없던 것에 미안함이 가득했다. 아이들에게도 못난 아빠 때문에 고생하는 것 같아 마음이 아팠다. 15평 반지하 빌라에서 다섯 식구가 살았고, 그곳은 좁았다. 500만 원 보증금에 40만 원짜리 반지하 월세는 우리에게 큰 부담이었다. 한 달은 너무 빨리 지났고, 아이들과 먹고살려면 하루하루가 전쟁처럼 느껴졌다. 아내는 가정 어린이집에 보육교사로 출근했지만, 원장으로부터 받는 스트레스가 많았다. 그만두고 싶을 만큼 힘든 날이 많았을 텐데, 그럴 수 없는 현실이 아내를 힘들게 했을 것이다. 그런데도 아내는 아무 말도 없었다. 그런 아내에게 더욱 미안했다. 아이들은 학교 갈 때마다 자주 돈을 달라고 했지만, 우리의 주머니는 항상 부족했다.

밤이슬을 맞으며 거리를 걷고 또 뛰면서 대리 차량을 운행한 대가로 받는 보수는 어떤 날은 하루 10만 원 이상 들어오는 날도 있지만, 보통은 5만 원 정도였다. 그것은 그 당시 우리 가정을 지켜준 생수와 같았다. 아이들은 집 근처의 교회에 다니도록 했고 우리 부부는 집에서 예배드렸다. 주일(일요일)에는 아내와 함께 집에서 예배는 드렸지만, 기도할 힘조차 없는 날이 많았다. 죽을 만큼 힘들었지만, 아이들이 있고 고생하는 아내가 있어서 그런 마음을 표현할 수도 없었다. 힘든 시간을 서로에게 내색하지 못한 채 하루하루 지내야 했다. 쉬운 일만 할 수 있다면 얼마나 좋을까. 인생은 호락호락하지 않다는 것을 깨달았다. 죽고 싶을 만큼 힘들었던 순간, 그 상황에서 벗어날 수 있었던 것은 가족 덕분이었다. 아무것도 없는 절망적인 상황 속에서도 다시 일어설 수 있었던 것은 능하신 하나님을 믿는 신앙이 있었기 때문이다. 견딜 수 없을 만큼 힘들 때마다 떠오르는 성경 구절이 있었다.

(고린도전서 10:13) 사람이 감당할 시험 밖에는 너희가 당한 것이 없나니 오직 하나님은 미쁘사 너희가 감당하지 못할 시험 당함을 허락하지 아니하시고 시험당할 즈음에 또한 피할 길을 내사 너희로 능히 감당하게 하시느니라

사랑하는 가족과 하나님에 대한 신앙이 어려움을 견뎌내는 힘이 되었다.

뽁뽁이 뒤에 감추어진 선물

쓰꾸미

2024년 9월 14일 토요일. 추석 연휴의 시작 전이다. 지난 한 주 동안에 새벽 3시에 일어나서 매일 집에서 전철역 두 정거장 되는 거리를 중랑천 산책길을 따라 5km를 달리고, 주중에 저녁 10시 넘어서 잔 것이 무리가 되었는지 눈을 뜨니 벌써 7시 30분이다. 요즘에 딸아이와는 눈치 싸움하며 저녁 잠자리 쟁탈전이 한참이다. 나도 아내와 같이 자는 것을 좋아하고, 초등학교 4학년인 딸, 채민이도 엄마와 같이 자는 것을 좋아한다. 전날에 안방 침대 가운데에 누워서 자기 방에서 자기 싫다고 이불을 몸에 돌돌 말고 뒹굴뒹굴하면서 협상한다.

"아빠, 오늘은 엄마랑 자는 날이어서, 제가 안방에서 자는 거 아시죠? 아빠가 제 방에서 주무세요."

나 역시 2023년도 7월까지 인도네시아에서 근무하다가 집에 와서 아내와 같이 자는 것을 좋아한다. 딸과 벌이는 장난 같은 실랑이, 반응이 재미있어 상황을 조금 더 끌어본다. 결국 아내는 혼자

자겠다고 선언하고 딸의 방으로 갔다. 까맣고 동그란 딸의 눈을 마주 보며 난 어깨를 으쓱했다.

그렇게 14일 저녁에 나는 딸아이와 같이 잤다. 아침에 눈을 뜨고 나서, 다음 날 아침 아내와 채민(딸), 우찬(아들)이와 나는 빙 둘러 식탁에 앉았다. 그리고 하루의 일정을 공유한다. 우리 집은 보통 9시에는 전부 잔다. 오직 중학교 3학년 아들, 우찬이만 10시 30분이 넘어서 집에 돌아온다. 미안한 마음을 거실에 전등을 켜놓는 것으로 대신하고 잔다. 그래서 휴일 아침에 이렇게 가족들이 모이면 하루의 일정과 중요한 이야기를 시작한다.

아이들은 좋아하지 않지만, 아내가 만든 초록이(각종 초록색 채소를 넣어서 만든 수제 주스)와 견과류로 아침을 먹는다. 그리고 대략 1시간 정도 집 근처 중랑천 산책길을 달린다. 2024년 10월 27일에 춘천 마라톤에서 10km를 완주하겠다는 목표를 세웠다. 달리려면, 사전에 연습해야 하기 때문이다. 그 후 추석을 맞이해서 할아버지를 뵈러 가야 한다. 올해 추석 때에는 날씨가 따뜻해서 다행이었다. 예전 같으면 얇은 패딩을 입었을 날씨인데, 따뜻한 날씨 덕분에 반바지 반소매를 입고 추석을 맞았다.

명절에 가족 모두 모여 명절 음식을 만들었다. 그런데 어머님이 아프시고 난 후엔 제사도, 음식 만드는 것도 다 사라졌다. 대신 아버지의 친구분인 현준이 아저씨가 매번 명절 음식을 큰 소쿠리로 가득 가져다주셨다. 내가 좋아하는 동그랑땡과 삼색전 그리고 고추가 가득 들어간 고추전과 찹쌀밥으로 한 끼를 든든하게 먹는다. 할아버지 앞으로 들어온 밥과 전만 얻어먹으면 안 되어서, 이번 추석 이후에 쌀쌀해지는 날씨를 대비해 보온 필름지를 붙이는 것이 오늘의 주요 이벤트다.

현재 아버지는 셋째 윤정이 누나와 같이 살고 있다. 그 집은 예전 나의 신혼집이어서 추억이 많다. 그곳은 우리 아들과 딸이 모두 태어난 장소이다. 집안 곳곳에 우리만의 추억들이 많다. 문 한쪽에는 우리 아들의 키를 재서 날짜를 써 놓았던 안방 문틀이 있었다. 이제는 문에 시트지가 다시 붙여졌지만, 아들은 아직도 기억하는지 거기에서 키를 쟀다고 자랑한다. 아들의 앞니를 집에서 뺀다고 문과 이를 실로 연결하여서 빼려고 시도했다가, 아들과 문이 같이 움직이면서 방안에서 같이 달리기 시합한 추억도 있다. 딸은 싱크대 앞에서 오빠가 돼지 그림을 그리는 것을 보면서 오빠랑 실랑이한 적도 있다. 양쪽 볼에 호빵 하나씩 물고 자란 채민이를 우찬이가 매일 돼지라고 놀렸다. 내가 설거지하는 중에 우찬이는 스케치북을 가져와서 돼지 그림을 그리고 채민이를 놀리려고 하니, 오빠가 밉다고 나에게 이른 추억이 생각난다. 늘 하늘하늘한 분홍색 레이스가 가득한 치마를 입고, 등 뒤 티셔츠 목뒤 쪽에 칼을 꽂아 손잡이가 목뒤 사선으로 보이게 하고, 번개 맨 선글라스를 쓴 채 걸걸한 목소리로 "번개 파워"를 외치며 집안을 뛰어다니던 딸의 모습이 영화의 한 장면처럼 지나간다.

이렇게 추억이 많은 집이지만, 한 가지 단점은 겨울철에 외풍이 상당하다는 것이다. 우리가 이사 가고 아버지가 들어오신 다음에는 온 창문에 뽁뽁이를 붙였다. 단열 효과를 누리려 하였다. 이번에, 이 뽁뽁이를 제거하고 필름지로 교체하려 한다. 우리가 살았을 때도 뽁뽁이를 붙이기도 하였지만, 커튼을 더 많이 치고 살았다. 그리고 해외에서 근무하다 보니 단열재를 붙여 겨울을 따뜻하게 보내려는 준비가 부족했다. 이제 한국에 있으니 해외 근무라서 하지 못했던 것들을 하나하나 아버지께 해 드리려 한다. 2년이 넘게 붙어있던 뽁뽁이를 제거하고 필름지로 교체한다. 방법은 단순하다. 창문을 깨끗하게 닦고, 필름지를 창문 사이즈로 자르고, 유리창에 분무기로 물이 흐르지 않을 정도로 물을 뿌린다. 그리고 잘라놓은 필름지를 붙이고, 들뜨지 않게 위에서 아래로 쓸어내리며 붙인다. 창문에 맞게 남은 필름을 칼로 자르면 작업이 끝난다.

필름지 색깔은 검은색과 초록색이 있다. 초록색은 햇빛을 받아들이고, 검은색은 햇빛을 덜 방출시켜서 집안을 따뜻하게 만들어준다고 설명서에 적혀 있다. 남쪽을 바라보는 거실 창문에는 초록색으로, 북쪽을 향하고 있는 서재와 부엌에는 검은색으로 붙였다. 필름지를 붙이고 나서 아직 겨울이 지나지 않아 효과는 잘 모르겠지만, 눈에 띄게 달라진 점이 있다. 바로 '뷰'다.

거실에 앉아 밖을 바라보면 맞은편 아파트가 보인다. 햇빛은 잘 들어오는 편이지만 건물로 막힌 시야가 가끔 답답하다. 그래도 햇빛을 차단하지는 않아서 다행이다. 의외로 좋은 풍경을 바라볼 수 있는 곳이 서재였다. 3km 정도 떨어진 곳에 병원이 있고 앞에 공원이 있다. 추운 겨울바람을 막아주는 필름지에 한 가지 장점이 더 있다. 저녁이 되면 불이 들어오는 가로등과 건물의 크고 작은 불빛이 마치 크리스마스 장식처럼 보인다는 거다.

필름지를 붙이면서 내가 제일 많이 말했던 단어가 바로 "우찬아"이다. 이제는 나보다 키가 10cm 정도 큰 우리 아들을 올려다본다. 아들의 큰 키가 거실과 베란다의 큰 창문 윗부분에 필름지를 붙이는 데 있어서 필수적이다. 그러니 창문을 하나 붙이면서도 자연스럽게 아들의 이름을 10번도 넘게 부른다. 아들이 나중에는 그만 좀 부르라고 한마디 한다. 내 손을 잡고 발 위에 올라 함께 춤을 추며 놀았던 아들, 우찬이가 언제 이렇게 컸나. 이런저런 다양한 감정이 올라온다.

2년 전에 인도네시아에서 근무했다. 그래서 혼자만의 시간을 즐겨서 좋은 점이 있었다. 그런데 한국으로 돌아와서 가족들과 같이 지내니 나를 둘러싼 모든 것이 추억이고 감사하다. 이렇게 감사한 부분을 감사 일기에 기록한다.

2019년 4월 15일은 어머니의 기일이다. 어머니가 2년이 넘게 항암을 하셨는데, 포기하지 않고 끝까지 암과 싸우시다가 돌아가셨다. 치료 동안, 좋은 일이 있어도 크게 웃지 못했고, 화나는 일이 생겨도 속으로 삭히는 일이 많았다. 가족들 앞에서 외줄타기하는 광대 같았다. 불안한 줄타기하는 느낌으로 감정을 억제하고 하루하루가 아무 일이 없기를 바라면서 하루를 보냈다. 가족 모두 잠든 새벽 조용히 거실을 혼자 걷던 어머니. 음식 냄새가 너무나 역했지만 참고 구토를 다시 넘기면서 음식을 억지로 먹으셨던 어머니. 음식을 맛으로 먹는 것이 아니라 병을 이기기 위해서 남김없이 드시는 어머니. 병원에서 어떻게든 운동하려고 병실을 같이 왔다 갔다 하면서 항암제를 맞았던 어머니. 화장실에서 대변을 보고 나오시면서 살아 있다 행복해하시는 어머니를 보면서 일상에 대한 소중함을 발견했다.

아침에 일어나서, 가족에게 안부를 묻고, 일상을 공유한다. 건강에 도움이 되는 음식을 찾고, 아이들에게 먹인다. 온 가족이 함께 운동하며 기본 체력을 키운다. 가족의 든든한 울타리 안에서 서로 돕고 따뜻한 감정을 쌓아간다. 뽁뽁이에 가려서 몰랐던 서재 전망처럼, 일상에서 감추어져 있던 가치를 새롭게 발견하여 충실히 살아간다. 평범한 일상이 나에게 큰 의미로 다가온 이유는 사랑하는 사람과 함께 보내는 시간에서 소중한 가치를 선물 받기 때문이다.

2-9

바로 지금, 여기의 소중함

전은태

대박을 좇으려다 쪽박 차듯이, 행복을 좇다가 불행이 찾아온다.

행복을 좇는 순간, 우리는 이미 불행 속에 있을지 모른다. 하지만 평범한 하루의 소중함을 깨달을 때, 행복은 자연스럽게 다가온다. 아주 보통의 하루를 무탈하고 평안하게 보내는 것 자체를 즐겨보자. 부탄과 같은 국가처럼 선진국보다는 잘 살진 못해도 가난한 나라들을 살펴보면 대다수 나라들이 행복지수가 높다. 왜 그러는 것일까?

내 경험에 비춰보면, 나도 모든 것을 이루었을 때보다는 고생은 했어도 이루는 과정에서 더 많은 행복을 느꼈던 것 같다. 무언가를 성취하고 이뤘을 때는 엄청난 양의 도파민 분비로 잠깐의 쾌감만 있을 뿐, 그 이후부터는 도파민의 하락만 있다. 그때부터 불행이 시작되는 것 같다.

뭔가를 이루고 나면 그것을 지켜내야 하기에 더 많은 욕심을 부리기 시작한다. 그 성취에 만족하지 못하고 더 강력한 도파민을 분비하기 위해 남들과 경쟁하고 비교하기 시작하면서 내 마음도 순수해지지 못한 것 같다.

고등학교를 갓 졸업하고 사회에 첫발을 내디뎠던 어린 나이에 죽음을 경험했다. 그리고, 내게 소중하고 의미 있는 죽음이 무엇인지 생각해 봤다. 몸은 수술실과 중환자실에서 힘들었지만 내 영혼은 아주 평안했기에 죽는다는 것이 그다지 두렵지는 않았다. 하지만 내 존재가 세상에서 잊힌다는 것이 두렵고 슬펐다.

죽더라도 사람들에게 잊히지 않고 오랫동안 기억되기 위해 세상에 뭔가를 남겨 보겠다고 명예나 뭔가를 남기기 위해 열심히 노력하고 앞만 보고 달려왔다. 그렇게 해서 이루어 낸 업적들이 꽤 있다.

그 후, 30년이 지나 중년이 되어 앞만 보고 달려오느라 잊고 살았던 죽음이라는 끝을 다시 한번 느껴보기 위해서 임종 체험을 했다. 20살 어린 시절의 임사체험, 그리고 50이라는 중년의 나이가 되어 임종 체험을 했다.

인생의 경험치가 달라서인지 삶의 우선순위와 중요도는 완전히 달랐다. 하지만 깨달음은 변하지 않았다. 죽음을 기억할 때, 내가 원하는 삶의 방향이 분명해진다는 것이다. 그리고 삶의 우선순위가 재정립된다. 스무 살 임사체험 이후, 30년간 점점 죽음에 대해 잊고 살면서 진정한 삶의 방향도 잃어버렸다. 하지만 얼마 전 다시 임종 체험을 하자, 잊고 있던 깨달음이 다시 살아났다. 어린아이가 며칠 동안 심하게 앓고 나면 뭔가 깨달음을 얻고 어른스러워지듯이, 나 역시도 깨달음을 얻고 더 어른스러워졌다.

20살 때 원하지 않는 임사체험을 했을 땐, 죽음을 맞이하는 준비조차 없었고 너무나 아프고 지치고 힘들어, 그냥 죽었으면 좋겠다는 생각이었다. 다만, 내 존재를 남기려고 발자취를 남기러 애써 왔다.

하지만 30년이라는 인생의 경험치를 쌓고, 이번엔 내 의지로 내 발로 찾아가 죽음을 다시 한번 경험해 보기로 했다. 최대한 내가 죽음 앞에 서 있다는 사실에 몰입하기 위해 모든 마음을 내려놓고 실제로 죽음을 맞이하고 준비한다는 마음으로 임종 체험을 했다.

죽음에 관한 철학적인 내용이 담긴 강의를 들었고, 실제로 죽음을 맞이하는 시한부 인생을 사는 사람들의 영상을 시청했다. 나도 언젠가는 저런 일을 겪을 수 있겠구나 하는 생각과 함께 점점 죽음으로 향하는 길로 몰입되어 갔다.

다음 순서는 영정 사진을 찍는 체험이었다. 건강한 몸과 심리적 안정감으로, 지금 내가 무엇에 집중하고 있는지 사진에 잘 담겨 있다. 주변 사람들에게 행복과 웃음을 주는 사람이 되고 싶은 나의 마음을 담아, 눈꼬리가 축 처지고, 광대와 입꼬리가 하늘 높이 올라 편안히 웃었다. 그때 찍은 사진을 지금 보아도 자연스러워 내 인생 샷 중 하나이다. 이렇게 죽음을 내가 먼저 미리 준비하니, 내가 원하는 표정과 내가 원하는 스타일 내가 사람들에게 보이고 싶은 모습으로 영정 사진을 찍을 수 있었다.

그리고 조금은 어둡고 무거운 분위기가 조성된 장소로 들어갔다. 그곳에는 내가 들어가서 누울 관이 있었다. 어두운 조명에 촛불 하나가 켜져 있고 촛불 뒤로 내 영정 사진을 놓았다. 형광등의 하얀색 불빛이 아닌 촛불의 노란색 불빛 속에서 내 영정 사진을 바라보니 기분이 묘했다. 실제 죽음을 향해 들어가는 것처럼 몰입감이 더해져 갔다.

바로 옆에는 관이 놓여 있었고, 관으로 들어가기 직전에 촛불과 영정 사진을 바라보는 묘한 분위기에서 유서를 쓰기 시작했다.

첫 줄에 묘비명을 쓰라고 적혀 있었다. 나는 고민할 것도 없이 "한 세상 잘 살다가 갑니다."라고 썼다. "더 많이 주지 못해, 더 많이 남기지 못해 미안합니다."라고 덧붙였다. 이제 유서를 쓰는데 죽음 앞에서 내가 평생을 추구하고 이루려고 했던 돈, 명예, 권력이 아무런 쓸모가 없는 허무한 것들이었다.

중요한 것과 중요하지 않은 것들을 재정비하면서 중요하지 않은 것들을 하나하나씩 지워 나갔다. 그러다 보니 오직 내게 남는 건 소중한 사람들과의 추억뿐이었다.

죽음 앞에서 가져갈 수 있는 건 '오직 추억뿐'이었다. 내가 이러려고 이렇게 부와 명예를 좇았나? 하는 회의감이 들었다. 돈이나 물질은 결국 내 것이 아니라는 것을 깨달았고, 자연에서 잠시 빌려온 것이라는 것을 알게 되었다.

Memento mori. 죽음을 기억하고 죽음에 대해 생각하고 삶을 되돌아봤더니, Carpe diem이라는 현재의 소중함을 깨달았다. 돈을 들이지 않고도 공짜로 얻어지는 오늘의 이 하루가 얼마나 소중하고 감사한 것인지, 죽음을 준비하면서 다시 한번 알게 되었다. 우리가 진정으로 소유할 수 있는 것은 '오늘' 뿐이라는 사실을….

'오늘 우리는 어떻게 살고 있나요? 그리고 무엇이 우리에게 가장 소중한가요?'

나에게 물었고, 같은 질문을 독자에게 물어본다. 이제 나는 관 속으로 들어가 불빛 하나 없는 어둠 속에서 죽는다고 생각하니 알 수 없는 눈물이 흘러내렸다.

꿈이 이루어지는 곳

조왕신

"**여보**, 전화 받아 봐. 어서! 딸내미 울고 난리다!"

남편의 성화에 엉겁결에 전화를 건네받았다.

"엄마 어떡해. 임신테스트기에 줄이 2개 생겼어. 엉엉. 내가 좋아하는 커피도 안 먹고 얼마나 노력했는데, 엉엉. 그런데 감기인 줄 알고 감기약 먹었잖아, 엉엉. 어떡해, 어떡해?"

세상 무너지게 울면서 내가 말할 틈도 주지 않았다. 딸은 결혼 3년째. 아이 기다리며 건강한 몸 만든다고 열심히 노력하던 중이었다. 임신인 줄 모르고 감기약을 먹었으니 어쩌냐고 숨넘어가는 소리를 했다.

"괜찮아. 일단 병원에 가서 진찰부터 받아 봐."

다독이며 진정시켰다. 감기약 봉투 가져가서 성분도 물어보라 일러주었다. 아이가 생기면 경력관리에 문제가 생긴다고 결혼은 해도 아이는 안 낳겠다던 딸이었다. 올해 들어 생각이 바뀌어 아이를 하나만 낳겠다고 했다.

"병원에 다녀왔는데 임신 맞아요. 감기약도 산모가 먹어도 되는 성분이래요."

내심 걱정했는데 다행이다. 한 생명이 우리에게 온다. 생각만 해도 가슴이 벅차다.

"막 울고 허둥지둥한 거 죄송해요."

딸은 겸연쩍었는지 공손하게 말투가 바뀌었다. 한바탕 가슴을 철렁 내려앉게 하더니, 그래도 아이에게 좋지 않은 것은 가리려 애쓰는 모습이 대견하고 예쁘다. 딸이 엄마가 되어 간다.

"그럼, 이제 우리 할아버지 할머니 되는 거니?" 손뼉 치며 축하했다. 마음이 흡족했다.

"당신 소원이 뭐야?"

어느 날 문득 남편에게 물었다.

"음… 손주가 '할아버지, 할아버지, 오줌 마려워요.'라고 하면, '응, 텃밭에 가서 거름 주고 오너라.' 이렇게 말하며 사는 거!"

소박해도 너무 소박한 꿈을 꾸는 남편이다. 남편의 꿈이 이루어지길 바랐다.

아이들이 유치원, 초등학교 다닐 때, 남편은 일주일에 한 번은 꼭 아이들하고 밖으로 나갔다. 짠바람 부는 바다보다는 산과 계곡이 같이 있는 곳을 더 좋아했다. 소쿠리와 바가지, 물고기 집는 족대 하나면 온종일 아이들과 신나게 놀았다. 집에서 1시간 거리의 산과 계곡은 거의 다 가보았을 것이다. 아이들과 놀기 좋아 대둔산 밑에 있는 운주계곡에 자주 갔다. 산 사이 굽은 길을 끼고 집들이 옹기종기 모여 있는 마을. 그곳에서 노후에 지낼 터를 잡았다. 30년 전 일이다.

어느 시골을 가나 만나게 되는 작고 평범한 집. 특별한 게 하나도 없어 눈길을 끌지 못하는 집. 그런 집이 우리 집이다. 큰아이가 막대기를 들고 "전군 진격하라!" 하면 뒤에서 작은아이가 "와, 와~" 하며 쫓아다녔다. 마당 한쪽에 큰 돌을 모아 경계를 짓고 예쁜 꽃밭을 만들었다. 그리고 집 뒤 언덕에 작은 텃밭을 만들었다. 해마다 봄이면 아이들과 함께 텃밭에 상추, 고추, 가지, 토마토, 오이, 호박, 그리고 옥수수를 아주 소량씩 심었다. 호박 자라듯 아이들도 쑥쑥 자랐다.

아이들이 성인이 되어 자주 오지 못하지만, 마당엔 아이들의 추억이 가득하다. 계절 따라 야생화들이 피고 진다. 꽃밭과 축대 위의 꽃들도 빨갛고 노랗게 어우러진다. 아이들과 함께 심은 단풍나무, 은행나무도 밑동 굵게 자랐다. 마을엔 오전 10시에 나가고, 오후 4시에 들어오는 작은 버스가 한 대 다닌다. 한 명 싣고 나가기도 하고 어느 땐 빈 차로 나가기도 한다. 도시와 다른 한적하고 평화로운 마을이다.

딸내미가 까만 바탕에 콩알만 한 점처럼 보이는 아기 초음파사진을 보내왔다. 아기 심장박동 소리도 들린다. '쿵쾅쿵쾅.' 힘차다.

건강하게 잘 자라고 있다. 눈으로 보고, 귀로 심장 소리를 듣고, 생명의 존재를 느낀다. 내년 여름이면 손주가 생긴다고 하니 갑자기 남편이 바빠졌다.

2024년 여름, 마을에 물난리가 났다. 200년 만에 한 번 있는 폭우여서 마을 어르신들도 이런 물은 생전 처음 본다고 야단이 났었다. 다행히 우리 집은 산 쪽 약간 높은 곳에 있어 천변에 있는 집들보다 피해가 적었지만, 산에서 내려온 토사가 마당에 가득 쌓였다. 굴착기로 얼추 정리는 했지만 그래도 사람 손이 가야 정리되는 일이 아직 많이 남아있다. 남편이 젊었을 때는 어떤 일이든 금방금방 고치고 치웠다. 올해는 힘에 부치는지 미뤄두고 있었다. 그러나 이제 게으름 부릴 때가 아니었다. 안전이 우선이라며 계곡의 축대부터 손본다고 부산하다. 손주의 존재는 남편을 춤추게 했다. 남편은 66세. 2023년에 정년퇴직했다.

"당신, 축대 고치고 나서 뭐 할 거예요?"

"음, 손주 방 하나 만들어야지!"

따가운 햇볕 아래서 환하게 웃는다. 이마의 케이블 선 같은 굵은 주름위로 땀방울이 배어 나왔다. 딸의 어린 시절 추억이 남아있는 마당에서 손주가 아장아장 걷는 모습을 상상한다. 노동을 기꺼이 즐기는 남편이다. 그 모습이 희망을 애기하는 가을하늘 같다.

계곡물이 범람하면서 토사가 밀려 와 집 뒷마당 지형이 조금 바뀌었다. 산 밑으로 큰 돌들을 옮겨 산에서 내려오는 흙을 막았다.

텃밭을 새로 일구었다. 남편을 위해, 내 사랑을 보태서 고랑을 팠다. 굵은 돌을 걷어내고 고운 흙을 수북이 모아 이랑도 만들었다. 폭 3미터쯤. 길이 10여 미터. 이랑 8개. 작지만 혼자 만든 밭이다. 상추가 싱싱하게 자라고 토마토가 주렁주렁 열리는 밭을 상상했다. 가까운 미래에 이곳에서 남편의 소원이 이루어질 소망 했다.

두근두근. 아직 겨울도 오지 않았는데 벌써 봄을 기다리고 있다.

내 삶을
돌아보며

—

3-1

성장과 따뜻함의 기록

강명경

나는 노력하는 사람이다. 아니, 노력해야만 하는 사람이다. 남들보다 3~4배의 노력을 해야 한다. 나의 한계를 낙인찍는 것은 타인의 말이었다.

"너는 안 돼. 네가 그걸 할 수 있을 것 같아? 이건 네가 감당할 수 없는 일이야."

그런 날카로운 말 앞에서 나는 움츠러든다. 난 정말 해도 안 되는 사람처럼 느껴지기도 한다. 그런 말이 상처가 되지만 이상하게 포기할 마음이 안 든다. 딱 10년 전이라면 더럽다고 생각하고 뒤도 안 보고 뛰쳐나갔을 텐데. 이번엔 달랐다. 부족한 사람이더라도 꿈꾼다는 것이 잘못은 아니다. 못한다고 시도를 안 하는 것보다는 도전해 보는 걸 선택하기로 한다. '내가 원하는 것을 할 때까지 해 볼 거야.' 그렇게 나와의 싸움이 시작된다.

원하는 만큼 이루어진다고 한다. 그런데 원하는 것이 생길수록 약점이 될 때도 있다. 무언가를 얻기 위해 간절히 바란다면, 그것을 얻기 위한 자격이 있는지 끊임없이 시험을 당한다. 간절한 만큼 이루어지지 않을까 걱정이 앞서 이러지도 저러지도 못할 때도 있다. 그 모습은 아무 생각 없이 뭘 잘 모르는 모습으로 보이기도 한다. 간절함이 없다고 평가절하도 당한다. 끈질기게 들이대면 '너 자신을 알라'는 말로 쿡 찌른다. 무엇이 맞고 틀린 것인지도 혼란스럽다. 그렇다면 내가 원하는 걸 얻을 수 있다는 자격은 누가 부여할까.

　그날도 동이 트기 전까지 글을 쓰는 작업을 하고 잠시 눈을 붙였다. 시간이 얼마나 지났을까. 갑자기 눈이 번쩍 떠진다. 시계를 보니 출근 시간이 30분도 채 남지 않았다. 머리로 시간과 동선을 최대한 빠르게 움직일 수 있는 시뮬레이션을 그린다. 서둘러 옷을 주워 입고, 정신없이 가방을 챙기며 겨우 집을 나선다. 며칠째 하루 3시간 남짓 자는 날이 이어지다 보니 몸은 무겁고 머리는 멍했다.

　하루가 어떻게 흘렀는지도 모른다. 어느새 오후 6시 반이다. 몹시 배가 고프다. 일에 몰두하면 끼니를 놓치기 일쑤다. 급히 외투를 챙겨 나간다. 근처 분식집에서 간단히 뭐라고 먹어야지. 이게 웬걸, 하필 오늘 가게 불이 꺼져있다. 주위를 둘러본다. 빨간 생태찌개 집 간판이 눈에 들어온다. 온종일 눈과 비가 내려 축축한 날씨에 얼큰한 국물이 생각난다. 고민 없이 직진한다.

　"1명이요" 문을 열고 들어가면서 손가락 하나를 세워 보인다. 혼자 앉은 테이블에 생태찌개가 오른다. 냄비 속, 보글보글 끓는 국물에서 하얀 김이 오르고 있다. 나는 춤을 추듯 올라왔다가 사라지는 김을 멍하니 바라본다. 순간 머릿속에 사람들이 떠오른다. 나를 부정하는 날카로운 말들이 불현듯 기억난다. 이미 예전에 흘러간 말들이다. 오늘따라 다시 내 마음에 울린다. 왜 그 말들이 나를 이렇게도 흔드는 걸까.

곧이어 다른 목소리도 떠오른다. "힘들지?", "밥 먹자." 그 짧은 세 글자가 오늘따라 깊게 와닿는다. 인사와 같은 말이 나를 지탱한다. 나 자신을 잃어갈 때, 그 다정한 한마디가 나를 다시 제자리로 오게 한다. 그 말들은 나를 비난하거나 몰아세우지 않았다. 대신 힘들었던 나를 잠시 멈추게 한다. 다시 나를 바라보게 한다.

숟가락을 들어 국물을 한 모금 뜬다. 뜨거운 액체가 목을 타고 내려간다. 곧 몸속에 온기가 퍼진다. 그리고 그 순간, 내 마음에도 차가운 벽을 녹이는 따뜻함이 느껴진다. 나를 옭아맸던 날카로운 말들과 그 속에서도 나를 지키려 했던 다정한 말의 온기가 얽힌다. 눈앞의 김처럼 아득해진다. 눈물이 금방이라도 터질 것 같은 감정은 내 의지로 멈추기 어려웠다. 생태찌개 한 그릇 앞에서 혼자 울고 싶지 않았다. 밥숟가락 가득 퍼서 입안을 채운다.

문득 생각한다. 무언가를 얻기 위해서 노력해야 한다는 것을 안다. 시간을 꺼내쓰고 돈을 내며 에너지를 끌어 쓴다. 그 과정에서 가장 중요한 것은 나를 잃지 않는 것이다. 그동안 나와 타인이 나에게 보내는 다정함과 따뜻함을 종종 잊고 지냈다. 누군가 던진

차가운 말들에 마음을 빼앗기고 있었다. 삶을 사는 게 어렵다는 것은 이런 방식으로도 다가온다.

　가끔 사람들이 왜 사이비종교에 빠지는지 도무지 이해할 수 없었다. 그런데 언젠가부터 조금씩 이해가 되기도 한다. 그것은 마치 덩굴이 나무를 감아 숨통을 조이는 것 같다. 처음에는 위로를 건네는 듯 다가온다. 그러다 결국 마음 깊은 곳까지 얽매여 자기 삶의 주도권을 빼앗는다. 일상에서도 이런 모습이 보인다. 내가 원하는 것을 알고 다가와 달콤한 사탕을 주듯 유혹한다. 유혹 속에서 내가 진짜 원하는 것이 무엇인지 잊어버리고 또 속는다.

　돌이켜보면 내 삶은 다양한 사람들과의 관계 속에서 수많은 선택과 우연들이 모이고 엮여서 만들어졌다. 그 안에는 이루지 못한 바람들도 있어 아쉽기도 하지만, 지금의 나를 이루었다는 점에서 모든 순간이 소중하다. 이 과정에서 나를 잃지 않으려는 노력은 계속된다. 한때는 '진짜 나는 누구지?'라는 질문이 머릿속에서 떠나지 않았다. 나이를 먹으며 '성공'이라는 단어의 무게가 달라진다. 예전의 성공이란 높은 지위나 부의 축적이었다. 지금은 진정으로 원하는 길을 걷고 있는지, 주변 사람들에게 어떤 영향을 미치는지가 인생에서 중요한 성공이라고 느껴진다.

　누군가의 기대 속에 나를 맞추려는 것이 아닌, 진정 원하는 삶이 무엇인지 묻고 또 묻는다. 있는 그대로의 내가 되기 위해 질문하고 선택해 온 과정들, 알면 알수록 궁금해지고 더 나아가고 싶다. 여전히 그 길을 걷고 있다.

　시련은 큰 배움을 남긴다. 예상하지 못한 어려움에 지칠 때마다, 주변 사람들의 따뜻함은 또다시 일으켜 준다. 성장의 길에 적당한 채찍은 발판이 되어주고, 따뜻함은 큰 위로와 지지로 곁을 지켜준다. 울다가도 웃는다. 너무하다 싶을 정도로 힘이 들고 외로울 때 하늘을 바라보면, 혼자 걷고 있는 길을 새벽 달빛이 위로해 준다. 집으로 가는 길 내내 같이 있어 준다.

　과거의 나는 아쉬움이 남지만, 지나온 모든 시간과 경험은 지금의 나를 성장시키는 토대가 되어주었다. 조금만 힘들어도 포기하는 나약했던 모습, 나를 자꾸만 낮추는 태도, 작은 것에도 상처받고 마음의 문을 쉽게 못 여는 모습들에서 또 한 걸음 내디뎠다. 더 나은 방향으로 나아갈 힘을 얻는다. 삶은 내가 잊지 말아야 할 것으로 가득하다. 그러기 위해 자신을 잃지 않는 것. 또 하나는 내가 받은 따뜻함을 누군가에게 건네는 것. 나눔을 전달하는 방식을 택한다.

3-2

내일 죽는다면
오늘 무엇을 할까?

강혜진

아이 기르며 일하느라 정신없이 살았다. 얼마 전부터 사춘기를 맞은 딸이 문을 닫고 방에만 콕 박혀있다. 아이가 벌써 이리 컸나 대견한 마음도 잠시, 비로소 나도 혼자만의 시간을 즐길 수 있겠구나 하는 마음에 반가워졌다. 마침, 지인이 '마음 학교'에 함께 다니자고 제안했다. 지난 2023년 2월, 드디어 마음 학교에 등록할 수 있었다.

마음 학교에 다니며 다른 사람 마음부터 살피지 말고 내 마음을 먼저 살펴야 한다는 걸 깨달았다. 마음 학교 봄학기가 끝나갈 무렵, 과제를 하나 받았다. 내 마음속 풀리지 않는 문제는 무엇인지 기록해 오라는 과제였다. 나에게는 오랫동안 풀지 못한 숙제가 하나 있었다. 바로 대학 시절 친하게 지내던 S와의 문제였다. S를 생각하면 가슴이 답답해져 왔다. 마음을 짓누르는 돌덩이, 그걸 들춰볼 용기가 없었던 나는 겁쟁이였다.

S는 나와 같은 고등학교를 졸업하고 같은 대학교로 진학한 친구였다. 고등학교 다닐 땐 얼굴만 아는 사이였지만, 대학교로 진학하고 나서는 기숙사에서 마주 보는 방을 쓰게 됐으니 보통 인연이 아니었다. 우리는 자연스레 서로 의지하는 친구가 됐다.

교대는 입학생 전원이 초등교육을 전공한다. 400명 정도 되는 입학생들을 총 12개 학과로 나누어 부전공을 정하는데 내가 입학했던 2002년에는 각 과 사무실 앞에 조교 선생님과 선배들이 책상을 펼치고 앉아서 선착순으로 부전공 신청서를 받던 시기였다. 나는 S와 함께 컴퓨터교육과에 지원했고, 어딜 가나 함께 있지 않으면 어색할 만큼 단짝이 되었다. S 특유의 친화력 덕분에 5명의 친한 친구 무리가 생겼고 수강 신청할 때도, 강의 마치고 맥주 한잔할 때도, 바다가 보고 싶다며 훌쩍 기약 없는 여행을 갈 때도 늘 함께했다.

그런데 4학년, 임용시험이 얼마 남지 않은 10월, 무엇 때문이었던지 S만 빼고 나머지 넷이 모여 술을 한잔한 날이 있었다. S가 너무 예민하다고 술자리에서 그동안의 불만을 털어놓았다. 술자리 푸념에 그쳤으면 좋았을 걸, S의 집 앞으로 찾아가서 그동안의 섭섭함을 일방적으로 쏟아냈다. 그것이 S와의 마지막이었다. 혼자였으면 할 수 없었을 말들, 술김에 강약 조절 없이 했던 그 말들에 S는 마음을 닫고 우리 앞에 나타나지 않았다.

돌아보니 S가 늘 피곤하게 느껴졌던 건 아니었다. S 덕분에 대학 생활 적응도 잘할 수 있었고 친구들과의 모임도 꾸준히 이어갈 수 있었으며 재미있는 추억도 많이 만들 수 있었다. 강의 시간표까지 바꾸며 우리를 피했던 S에게 미안했다.

20년 가까이 S에 대한 미안한 마음을 저 깊숙이 숨겨놓고 생각날 때마다 한숨을 내쉬고, 떠오를 때마다 자책했던 나였다. 잘못을 하고도 20년 가까이 묻어두고 들춰보지 않던 나 자신이 나에게는 가장 용서되지 않는 사람이었다. S를 찾아가 진심으로 용서를 구하고 싶었다. 그동안 몇 번 메일도 보내고 메시지도 보냈지만, 그걸로는 충분하지 않았다. 직접 눈을 보고 미안하단 말을 하고 싶었지만, 선뜻 용기가 나지 않았다.

4월, 민주시민교육 연수를 받기 위해 연수원으로 출장을 갔다. 연수 시간보다 일찍 도착해 등록부에 서명하는데, S가 연수 스태프로 참석자들을 안내하는 역할을 하고 있었다. 반가웠다. 아무렇지도 않은 듯 인사하는 S에게 나도 반갑게 인사했다. 연수장으로 들어갔다가 아직 연수 시작 시각까지 여유가 있는 걸 보고 안내석으로 되돌아가 S를 찾았다.

"안 바쁘면 잠깐 얘기 좀 할 수 있어?"

당황할 수도 있었을 텐데 S는 괜찮다며 밖으로 따라나섰다. 날 주변이 없는 나는 잘 지냈냐는 질문도 제대로 못 했다. 네 생각을 많이 했다고, 언젠가 꼭 한번은 만나서 미안하다고 말하고 싶던 차에 오늘 너를 만났다고, 이기적일지는 모르겠지만 꼭 미안하다고 말하고 싶었다고 이야기했다. 눈가에 맺힌 눈물을 닦으며 우리

둘은 철없던 대학생 시절로 돌아간 듯 마음을 나눴다. 다시 강의실로 들어와 앉아 있는데 주책맞게 눈물이 흘렀다. 강의실 맨 앞에 앉아 자꾸만 눈물을 훔치며 코를 훌쩍이는 나를 보고 사람들이 뭐라 수군댔을 거다. 벼르고 벼르던 미안하다는 말을 했는데 아무 앙금 없이 이해해 준 친구에게 고마웠던지 눈물이 멈추질 않았다.

우리는 카톡으로 만날 약속을 정했다. 얼마 후 다시 만난 S와 나는 음식이 식는 줄도 모르고 그동안 어떻게 살아왔는지 대화를 나누었다. S는 마음 맞는 배우자를 만나 가정을 꾸리고 아이들도 잘 키우고 있었다. 잘살고 있어서 참 다행이었다. 시간 가는 줄도 모르고 S와 한참을 떠들었다.

다른 사람의 마음에 상처 주지 않고 살면 참 좋으련만, 어리석은 나는 그러지 못했다. 친구의 마음에 상처를 주고 죄책감에 늘 가슴 한구석이 묵직했다. 지금부터라도 누군가에게 상처 주지 말고 둥글둥글하게 살아야겠다고 생각한다. 어쩌다 상처 주게 되더라도 얼른 사과하고 용서를 구해야겠다는 다짐도 한다. 운이 좋아 용서받게 된다면 다행이지만, 그러지 못하더라도 말과 행동으로 아프게 해서 미안하다는 사과를 묵혀두면 안 된다는 걸 깨닫는 요즘이다.

밤늦게까지 미루고 미루다 이제 더는 미루면 안 될 때가 되어서야 책상에 앉아 숙제하는 아들을 보며 말한 적이 있다. 놀면서도 미뤄 놓은 숙제 때문에 신경 쓸 바엔 그냥 숙제부터 후딱 해치워 버리고 노는 데다 에너지를 온전히 다 쏟는 게 좋지 않겠냐고. 그러는 편이 시간을 더 즐겁게 보내는 것 아니냐고. 숙제를 먼저 하라는 말보다 제대로 놀아보라는 말에 더 끌렸던 모양인지 아들은 그날 이후로 할 일을 다 해 놓고 전력을 다해 논다.

만약 내일 내가 죽게 된다면 오늘 무엇을 해야 할까? 질문에 답을 찾다 보면 어떻게 행동해야 할지 명확해지고 지금이 아니면 안 되겠구나 싶어 용기가 솟는 경험을 하게 될 것이다. 근심, 걱정거리가 없어야 오롯이 즐기는 것도 가능하다. 가끔은 내 가슴을 묵직하게 짓누르는 숙제가 없는지 고민해 보려 한다. 애써 덮어 놓았던 나의 마음을 꺼내 잘 들여다보는 시간을 가지려 한다. 어찌해야 할지 모를 때, 용기가 나지 않을 때는, 내일 죽는다고 가정하고 오늘 당장 그 숙제를 해결해 버리려 한다. 가슴 속에 문제를 끌어안고 끙끙대지 말고 얼른 숙제를 끝낸 후, 내 마음을 먼저 토닥여 주고 싶다. 그러고 나면 오늘 하루를 즐기는 데 오롯이 집중할 힘이 날 거라 믿는다.

3-3

굿바이! 작심삼일!

고지원

15층 거실 창을 통해 보이는 풍경을 사랑한다. 드넓은 하늘과 저 멀리 줄지어 선 아파트들.

아파트 앞에 손잡고 이어져 있는 산자락은 아침 햇살을 받으면 거대한 붉은 양탄자가 된다. 그 산등성이 위에 반짝 빛나는 유리창 하나. 서점이라고 들었다. 그곳까지 이어진 45도 경사의 아스팔트 길은 비가 쏟아지는 여름이면 거대한 폭포수를 만들곤 했다. 그 모습에 압도되어서일까. 이 집에서 네 번의 여름을 보내는 동안 서점은 내게 호기심의 대상이었지만 닿기 어려운 존재로 남아 있었다.

그러던 2024년 3월. 이직을 하면서 낮 동안에 숨 고를 시간이 생기게 되었다. 잊고 지냈던 서점이 생각났다. 숨이 턱 끝까지 차오르는 오르막길 끝에서 마주한 '북하우스'. 서점 안으로 들어가니 한쪽으론 책들이 보기 좋게 진열되어 있고, 반대편으론 앉아서 책을 볼 수 있는 공간이 마련되어 있었다. 정면으로 보이는 큰 창을 통해 들어오는 봄 햇살이 서점 안을 따뜻하게 만들어 주고 있었다. 서점을 둘러싼 야외 공간엔 꽃과 나무를 보며 차 한 잔 나눌 수 있는 의자도 마련되어 있었다. 조용히 앉아 책을 읽었던 시간이 언제였는지 기억이 나지 않았다. 두어 시간 동안 커피 한 잔과 함께 자유롭게 책을 여행할 수 있는 공간. 점점 그 즐거움에 빠져 이젠 일주일에 한 번은 꼭 방문하는 단골손님이 되었다.

내가 책을 좋아했던가? 정확히 말하면 새 책 냄새를 좋아했다. 빳빳하게 넘겨지는 종이 사이로 스며 나오는 새 책의 냄새. 중학교 때 영어 학습지를 할 때도, 책을 빨리 받고 싶어 두 배 속으로 문제를 풀었던 기억이 난다. 비닐을 뜯고 아직 구김이 없는 첫 페이지를 넘길 때의 희열이란. 성인이 되어서는 표지가 예쁘거나 제목이 마음에 들면 책을 충동 구매 하곤 했다. 하지만 대학 졸업 후에는 20년 넘게 일과 육아로 일 년에 책 한 권 읽기도 벅찼다. 덕분에 책장엔 사두고 채 못 읽은 새 책들이 켜켜이 쌓여 갔다. 그랬던 내가 올해 북하우스를 통해 책 읽기를 시작한 것이다. 새 책 냄새를 킁킁거리며, 구김 없는 종이의 감촉을 손끝으로 감탄하며 글자들을 정독하다 보니, 문득 내가 읽는 걸 좋아하는 사람이란 걸 깨닫게 되었다.

북하우스에 다니기 시작한 지 석 달쯤 되었을 때 우연히 '글쓰기 무료 특강' 안내 포스터를 보았다. 글쓰기? 글쓰기라면 책 읽기보다 좀 더 친숙했다. 초등학교 6학년 때까지 쓴 일기장엔 같은 고지원이 쓴 게 맞나 싶은 정갈한 글씨가 빼곡하다. 학창 시절 받은 상장들 대부분은 독후감과 글짓기상이었다. 중학교 때는 학교 교지편집부에 들어가 글감을 취재하러 다녔었고, 대학에 가서도 '야의경'이란 의대 교지 편집 동아리에서 활동했었다. 누가 시킨 것도 아니었는데, 아마도 나의 글이 다른 사람에게 알려진다는 뿌듯함이 컸던 것 같다.

그런 뿌듯함을 잊고 지냈다. 카카오 스토리에 성장하는 아이들의 사진과 일상을 꾸준히 기록하기는 했지만, 진정한 글쓰기와는 거리가 있었다. '글쓰기 무료 특강'이라는 제목을 보았을 때 순간 심장이 두근두근했다. 마른 장작에 불씨가 지펴진 느낌이랄까. 상상해 본 적은 있었다. 내 삶이 차근차근 글의 옷을 입고 흰 종이 위에 흔적으로 남겨지는 멋진 장면을 말이다. 처음 참석한 특강 자리에서 글빛이음 이현주 라이팅 코치를 만났다. 글쓰기 방법에 대해 쉽고 열정적인 강의가 인상적이었다. 무엇보다 책 쓰기는 누구나 할 수 있는 일이라는 말에 바로 그날 글쓰기 평생회원으로 등록했다. 결심이 작심삼일이 되지 않도록 한 일종의 장치였다. 글쓰기 수업을 온라인으로 들으며 첫 공저가 나오기까지 6개월 남짓. 내 인생의 일부가 담긴 첫 책을 안고 생각했다. '나도 무언가를 해낼 수 있는 사람이었구나!'

짧은 수필 형식의 공저 책이지만 첫 책이 내게 주는 의미는 강렬했다. 그동안 나는 결심부터 실천까지가 어려운 사람이었다. 매 새해가 되면 다이어리 첫 장에 다짐들을 나열하곤 했다. 1년에 몸무게 10kg 빼기, 일주일에 논문 하나씩 읽기, 한 달에 요리 한 가지씩 마스터하기, 1년에 책 30권 읽기 등. 하지만 그 결심들은 대부분 한 달 안에 흐지부지되어 버리곤 했다. 짧게는 며칠 안에 목표가 증발해 버리기도 했다. 꾸준한 실천이 없으니 결실이 없는 건 당연했다. 자신을 합리화할 수 있는 이유는 무궁무진했다. 오늘은 몸이 안 좋아서, 술자리 모임이 너무 많아서, 일이 바빠서 등등. 앞쪽만 끄적이다가 멈춘 아까운 다이어리를 매년 버리면서 자책하고 또 결심하기를 반복해 오던 나였다.

"엄마 이제 빵 안 먹어! 다이어트할 거야!"

언제부터인가 이런 선언에도 가족들은 양치기 소년 대하듯 모두 코웃음을 쳤다. 가족들조차 엄마를 믿지 않았다. 고작 주먹만 한 빵의 유혹에도 갈대처럼 흔들리는데, 10kg의 지방을 녹이는 건 다음 세상에서나 가능해 보였다. 자신과의 약속을 이 악물고 지키지 못하는 스스로에게 참으로 부끄러웠다.

그런데 책은 어떻게 꾸준히 읽고 글쓰기 시작을 할 수 있었을까? 북하우스까지의 경사 길을 오르며 새로운 책과의 여행을 기다릴 때의 설렘. 생각만 해도 솟아나는 도파민이 나를 계속 끌어주었다. 걸어서 10분 거리에 있던 서점. 라이팅 코치와의 만남. 공저 책 쓰기 도전까지. 간절히 원하는 마음의 소리를 따라 움직이다 보니 저절로 꾸준함으로 이어질 수 있었다. 다이어리에 적었던 나의 결심을 다시 들여다보았다. 1년에 몸무게 10kg 빼기는 10년 전부터 소망해 왔으나 절실하지는 않았다. 당장 사는 데 불편함이 없었고, 사람들을 만나 먹는 즐거움이 컸다. '죽기 전 작은 사이즈 옷 입기', '30분 연속 달리기 성공하기'와 같은 좀 더 구체적이고 현실적인 목표의 재설정이 필요했다. 일주일에 논문 하나씩 읽기는 공부를 놓지 않기 위함이었지만, 너무 막연한 계획이었다. 공부 내용을 정리해서 기록한다든가, 일주일의 특정 시간을 '공부 시간'으로 지정해서 몰입할 수 있는 동기 부여가 더 필요했다. 한 달에 요리 한 가지씩 마스터 하기는 목표부터가 거창했다. 평소에 내가 음식 만들기를 좋아하는지조차 모르고 있었다. 집에 있는 식재료로 유튜브의 간단한 레시피를 보며 할 수 있는 것을 시도해 나간다면, 언젠가 '엄마표 요리'라는 것이 탄생하게 되지 않을까. 요리를 점점 좋아하게 되는 것은 덤으로 말이다.

얼마 전 남편이 직장 마라톤 대회를 나간다며 집 근처 운동장에서 달리기 연습을 했다. 평소 달리기를 하지 않았던 남편은 10km를 50분간 쉬지 않고 달렸다.

"심장이 타고났나 봐! 엄청 잘 달리네!"

"앞에 나보다 잘 뛰는 사람을 목표로 둬. 그 사람을 따라가. 그 사람이 멈추면 다른 목표를 세워서 또 따라가. 마치 게임하듯이 그렇게 목표를 두면 계속 뛸 수 있어!"

눈에 보이는 작은 목표를 해내는 것. 그렇게 남편은 올해 두 번째 뛴 10km를 완주해 냈다.

올해 세상에 나온 첫 공저 책은 내 결심을 완주해 낸 뿌듯한 결과물이다. 책 읽기와 글쓰기를 통해 나 자신을 알게 되고 다른 목표들도 해낼 수 있다는 자신감을 불어 넣어 주었다. 2025년 새해에는 다이어리 쓰기에 다시 도전해 볼 생각이다. 매일 작은 목표들을 세우고 내 마음의 소리에 귀 기울일 것이다. 내가 좋아하는 것, 하고 싶은 것, 해야만 하는 것들에 집중하고 10층씩 계단을 오르는 과정을 즐기다 보면 어느덧 100층에 올라서는 기쁨을 맛보게 되지 않을까. 중간에 계단에서 떨어져도 괜찮다. 그것도 나를 알아 가는 과정일 테니까.

최근에 기록학자 김익한 저자의 『거인의 노트』에선 '자유는 자기를 만나야 시작된다. 기록을 통해 자기 자신과 대화를 시작해 보자.'[1]라고 하였다. 다이어리를 쓰며 '고지원'에 대해 더 알아 가야겠다.

40대 꿈 많은 아줌마. 이젠 내 블로그 아이디처럼 '꾸준고'로 힘차게 날아오를 시간이다.

굿바이! 작심삼일!

---

1) 김익한, 『거인의 노트』, 다산 북스, 2024, 75쪽

3-4

어쩌면 고마운 사람

김진하

"MBTI가 없었을 때를 생각해 볼게요. 처음 만난 상대를 알아보기 위해 우리는 뭘 물어봤을까요?"

"혈액형이요!"

"정답입니다!"

맞힌 분께 예쁘게 포장한 예산 사과 하나를 선물로 건넨다.

강의 초반 어색한 분위기를 풀고 흥미를 주기 위해 다양한 퀴즈를 낸다. 너도나도 손을 들어준다면 연수의 순조로운 출발! 가장 떨리는 5분이 지나간다. 굳었던 내 표정도 사르르 풀린다. 올해 교권보호센터에서 '나에게 다가가는 다섯 가지 심리검사' 연수를 맡아 매주 목요일 5주 동안 선생님들을 만났다.

서산, 당진, 홍성, 천안, 서천에서도 교직원을 대상으로 연수를 진행했다. 예산에서 시작해 지난 3년 동안은 충남 대부분 지역을 다니며 강의했다. 언제부터인지 의뢰를 받고, 강의를 진행하는 것이 어색하지 않게 되었다. 예전의 나를 생각하면 천지가 개벽할

일, 신기할 따름이다.

나는 발표 불안이 있다. 학교 다닐 때 선생님은 날짜에 맞춰 발표시키곤 했다. 23일이면 3번, 13번, 23번, 33번, 43번, 53번. 그중 23번은 무조건이다. 내 번호 날짜가 되면 학교 가기 전부터 스멀스멀 불안이 올라왔다. 입맛도 없고, 긴장한 손끝이 차가웠다. 지목당하는 건 늘 두렵다. 졸업하면 끝날 줄 알았는데, 상담 공부를 시작하니 또 다른 발표들이 기다리고 있었다. MBTI는 전문 강사가 되려면 초급, 보수, 중급, 적용, 강사까지 과정이 길다. 다른 자격들도 전문가가 되기까지 세세하게 나눠진 긴 단계를 거친다. 그때마다 실습과 발표는 필수다.

실습 조가 만들어지면 발표를 담당하는 조 대표가 되기 싫어 서기를 도맡았다. 하지만 종종 서기가 발표까지 해야 하는 상황이 생겼고, 서기도 피하게 되었다. 누구도 예외 없이 발표해야만 하는 순간이 오면 쉬는 시간, 점심시간까지 쉬지 않고 연습했다. 그래도 앞에 나가면 떨려서 머리가 하애졌다. 그야말로 백지상태였던 나.

상담하려면 석사는 해야 할 것 같아 삼십 대 중반에 상담대학원에 들어갔다. '한 학기만 다니다가 휴학하더라도 석사과정 중이라고 할 수 있으니까' 하는 마음으로 가볍게 시작했다. 늦은 나이라고 생각했는데 신기하게 동기 15명 중 내 나이가 세 번째로 적었다.

대학원 수업은 교수님 강의를 듣는 것도 있지만, 공부할 부분을 나눠서 발표하는 시간이 더 많았다. 전공책 단원을 정리해 자료를 PPT로 만들고 사람들 앞에서 발표하는 것. 개인으로 할 때도 있지만 조별 과제도 많았다. 그나마 직전에 다닌 고등학교에서 PPT로 수업을 해 본 것이 도움이 되었다. 물론 떠는 것은 여전하지만, 다른 분들도 긴장하기는 마찬가지였다. 가족 교육 프로그램을 민드는 팀별 과제는 5~6명이 자료조사, PPT 작성, 프로그램 시연을 나눠 맡았다. 컴퓨터 활용에 익숙하지 않은 선생님들이 PPT를 어려워해서 내가 PPT 작성을 맡았다. 강의 경험이 있는 노련한 선생님이 프로그램 시연을 해 주기로 해서 불만은 없었다. 자료조사를 담당하신 분들이 연락이 없어, 자료조사까지 직접 해야 했지만, 마감이 얼마 남지 않았을 때는 모두가 의견을 모아 프로그램을 완성했다.

'갑돌이와 갑순이의 예비 부모 교육'

완성되자마자 시연을 맡은 선생님께 PPT를 넘기며 한 장, 한 장 설명해 드렸다. 이제 내 몫은 다했구나 싶어 홀가분했다. 그런데 자신이 만든 PPT가 아니라 어색하다며 만든 사람이 시연도 하는 것이 좋겠다고 말씀하시는 것이 아닌가. 게다가 다른 팀원들도 동조했다. 나중에 밥을 사주시겠다고 쐐기를 박는 통에 발표가 확정되는 분위기다. 위기였다.

나에게 가장 힘든 일과 맞닥뜨려야 했다. 교수님 앞에서 1시간 동안 발표라니. 하지만 화를 내려고 해도, 누구에게 미루려 해도 방법이 없었다. 당장 다음 주 월요일이 프로그램 시연이었다. 아들 둘 앞에서 PPT를 넘기며 진행 연습을 했다. 인형을 놓고도 했다. 주말에는 아무도 없는 학교 강의실에 잠입했다. 막 들어가면 안 될 것 같았지만, 다급한 마음에 겁낼 틈이 없었다. 실제 시연을 진행할 강의실 책상 앞에서 사람들이 있듯 프로그램을 반복했다.

드디어 월요일, 교수님과 동기 선생님들 앞에서 떨리는 심장을 부여잡고 준비했던 프로그램을 발표했다. 같은 팀 선생님들이 불같이 호응해 주었다. 열심히 연습한 덕에 시연을 무사히 마칠 수 있었다. 성공이었다. 편안함이 찾아왔다. 칭찬의 말들과 뿌듯함, 그리고 좋은 학점이 뒤따랐다.

대학원을 마치고 Wee센터에 근무한 지 얼마 안 되었을 때 실장님이 3월 상담 주간에 학교 교사 대상으로 MBTI 연수를 해 보라고 했다. '왜 하필 나지?' 싶다. 하지만 그때 강사 자격이 있는 사람이 센터에 나밖에 없었다. 얼떨결에 알겠다고 했지만 바로 '못 하겠다고 할 걸. 연수를 맡지 않았다면 평화로운 일상이 지속되었을 텐데.' 하는 후회가 물밀듯이 밀려왔다.

그때 문득 대학원 때의 프로그램 발표가 생각났다. 힘들었지만 해냈던 기억이 있었다. 그날부터 연수 준비를 시작했다. 선생님들 앞에서의 연수라 더 많은 책을 보고, 열심히 자료를 찾아 다양한 연수 자료들을 만들었다.

마침내 연수 날. 상담하면서 MBTI를 활용했던 경험을 중심으로 학교 상황에서 사용하면 좋은 팁을 전한다는 마음으로 연수를 진행했다. 두 시간이 금방 흘러갔다. 연수를 마치고 선생님들이 수고했다고 인사하며 나가시던 중에 L 선생님이 다가왔다.

마주할 때면 싸늘하고, 이유 없이 가시 돋친 장문의 메시지를 보내곤 해서 늘 어렵게 생각했던 분이었다. '또 무슨 말을 하려고 그러나' 싶어 긴장됐다.

앞으로 온 L 신생님은 뜻밖의 말을 건넸다.

"오늘 연수 잘 들었어. 자기 말 잘하더라."

잘못 들었나 싶었다. 하지만 L 선생님의 칭찬이라니, 기분이 좋다.

근무하는 센터에서 힘들 때마다 상담 역할을 해 주시는 H 선생님은 올 초에 강의를 맡고 부담감에 잠 못 이루는 내게 한마디 하셨다.

"그렇게 힘들면 안 한다고 하면 되잖아. 왜 한다고 해? 거절하는 게 어려워서 그러는 거야? 매번 힘들다면서 강의 들어오면 'Yes'를 하는 이유가 뭔지 생각해 봐."

내 모토(motto)는 편안하고 아무런 근심 걱정 없이 평화롭게 사는 것이다. 크게 돈 욕심이 있는 것도 아닌데 힘들고 스트레스가 되는 일을 하는 이유가 뭐였을까?

내가 찾은 답은 '성취 경험'이었다. 힘든 과제가 내게 왔을 때 눈감고 뒷걸음질 치고 싶은 마음을 내려놓고 도전을 외치며 뛰어들면 한 단계 성장할 수 있었다. 프로그램 시연이 그랬고, MBTI 연수가 그랬다.

그리고 지금 당당한 나를 만들 기회를 준 그분들.

어쩌면 고마운 사람이다.

3-5

읽는 세상에서
살아가는 세상으로

김하세한

어둠이 의도적으로 만들어진 방안, 작은 침대에 누워 있는 4살 된 딸아이의 곁에 앉아 『소공녀』라는 동화책을 펼쳤다.

"옛날 옛적에, 작은 소녀 세라가 있었어요…."

나의 목소리에 감정을 담아 연기하듯 읽어 내려갔다. 딸아이는 눈을 반짝이며 귀를 기울였다. 주인공 세라의 모험과 고난, 그리고 그 안에서 피어나는 희망의 이야기는 내 마음속 깊은 곳에 잠들어 있던 감정을 함께 깨웠다. 마지막 페이지를 넘기고, 딸아이의 머리를 부드럽게 쓰다듬으며 나지막하게 속삭였다.

"세라처럼 너도 언제나 사랑과 희망을 잃지 않기를 바라."

그 순간, 마음은 따뜻함으로 연결된 아름다운 실타래처럼 어린 시절로 엮여 나갔다. 책을 읽어주면서 잊었던 어린 시절의 꿈과 희망이 스멀스멀 떠오르기 시작했다. 『소공녀』는 단순한 동화책이 아니었다. 내게 어린 시절의 꿈이 담긴 이야기였다. 나는 언제부터

인가 책 속의 감동을 잃어버린 채 하루하루를 살아가고 있었다. 그리고 그 시절, 동화책 속의 주인공들과 함께 울고 웃으며 느꼈던 감정들이 아련하게 떠올랐다.

『소공녀』, 나에게 읽는 세상이 존재한다는 첫 놀라움을 안겨준 베스트셀러이다. 이 동화책의 첫 만남은 초등학교 1학년 때였다. 친구 집에는 다양한 책들이 있었고, 여러 권의 똑같은 모양과 크기로 책장에 나란히 꽂혀 있었다. 그 사이에서 우연히 〈소공녀〉를 발견하게 되었다. 동화책의 표지에 있는 큰 눈을 가진 아이의 눈동자가 나의 마음을 사로잡았다. 책을 넘겨보니 글자가 작고 많았다. 초등학교에 입학했지만 겨우 한글을 읽는 수준이라 순식간에 읽기는 쉽지 않았다. 천천히 책 속으로 빠져 들었고, 집으로 돌아가야 할 시간은 점점 가까워지며 어둑어둑해졌다. 결국 다 읽지 못했다. 더 읽고 싶었다. 페이지가 넘어갈수록 심장이 두근거렸다. 남겨진 페이지의 내용이 너무 궁금했다. 다음 날 학교가 끝나자마자 쏜살같이 친구의 집으로 달려갔다. 그 이후로는 다른 책도 읽고 싶어 매일 같이 놀러 갔고, 친구가 없더라도 혼자서 동화책을 읽곤 했다. 몇 날 며칠을 드나들며 읽었던 『소공녀』는 우리가 살고 있는 세상이 전부가 아니라는 것을 깨닫게 해 주었다. 내가 사는 세상 말고도 재미있는 또 다른 세상이 있었다. 꿈꿀 수 있는 또 다른 세상이 존재하고, 어렵고 힘든 일이 있더라도 굳세게 버티고 견디면 언젠가는 빛을 보는 행복한 날이 온다는 희망을 주었다. 엄마의 끼니 걱정 소리를 들으며 살아야 했던 내 환경도 세라의 다락방 생활과 비슷할지도 모른다는 엉뚱한 상상도 하게 했다.

첫아이가 초등학교에 입학하면서 드디어 혼자만의 시간이 생겼다. 살림과 육아로 24시간 퇴근 없는 근무가 시작된 후 10년 만의 일이다. 평범한 주부로 살았던 10년 동안, 궁금한 것도 없었다. 달라진 것도 없었다. 그저 그 자리에 머물러 있을 뿐이었다. 꼭 필요한 정보는 육아 책자를 찾아보는 것이 고작이었다. 독서의 필요성을 느끼지 못했다. 만나는 사람도 매일 같았으며, 머무는 장소도 변함없이 그대로였다. 새로운 정보나 세상에 대한 호기심이 없었던 것이 책과 멀어진 주된 원인이라고 변명하고 싶다. 비록 3시간 밖에 안 되지만, 헛되이 보내고 싶지 않았다. 그래서 가장 먼저 독서를 결심했다. 틈나는 대로 하루에 한 페이지라도 읽어보겠다는 마음으로 결심했다. 결혼 전에 읽었던 책을 다시 펼쳐 들었다. 한번 읽었던 내용이라 그런지 쉽게 읽혔다. 특히 20대에 눈물 흘리며 읽었던 경요의 장편 소설 『금잔화』는 과거의 나와 지금의 내가 얼마나 달라졌는지를 뚜렷하게 느끼게 해 주었다. 스무 살, 꿈 많고 상큼했던 사랑과 열정으로 가득했던 나는, 마흔에 두 아이를 키우며 단단한 엄마가 되어 있었다. 변화는 자연스러운 것이지만, 나는 책 속에서 나를 찾고 싶었다. 다시 독서의 세계로 들어가면서 새로운 시각으로 이야기를 바라보게 되었고, 그 과정에서 내가 성장했음을 느낄 수 있었다. 독서는 단순한 취미가 아니라, 나를 다시 찾고 나의 감정을 탐구하는 소중한 시간이 되었다. 다시 시작한 독서는 어느 날에는 마음을 위로해 주는 친구가 되었고, 또 어떤 날에는 새로운 꿈을 꿀 수 있게 만들어 주는 희망이 되었다.

세상 밖으로 나아갈 수 있는 힘을 주는 독서. 아이들에게 책 읽는 습관만큼은 꼭 물려주고 싶다. 내가 찾은 세 가지 방법이 도움이 되기를 바란다.

첫째, 완독에 대한 강박관념을 내려놓는 것이다. 읽지도 못하면서 서점에 가면 꼭 몇 권을 사 들고 나왔다. 지불한 책값이 아까워서 읽어야 한다는 생각이 강했지만, 실제로는 어려웠다. 책을 읽지 못해 미안한 마음만 쌓여갔다. 책상이 책으로 가득 차면 조급함을 느끼곤 했는데, 마음 하나 바꿈으로 이제는 읽고 싶을 때 편하게 펼쳐 든다. 지루해지면 다시 덮고, '오늘 읽었으니 조만간 또 읽어줄 거야, 잠깐 기다려.'라고 말하며 책과의 관계를 가볍게 유지한다. 그렇게 완독에 대한 스트레스가 사라지면서, 읽고 싶은 책을 편안하게 즐길 수 있게 되었다.

둘째, 여러 권의 책을 동시에 읽는 방법이다. 다양한 주제의 책을 3~4권 들고 다니며, 마음이 가는 대로 읽는다. 서로 다른 책을 교차해서 읽다 보면, 막히는 부분이 있을 때는 다른 책으로 전환해 쉽게 이해되기도 했다. 이렇게 여러 권을 동시에 읽는 방식이 꾸준하게 독서에 좋은 방법이 되었다. 다만, 가방이 항상 무겁다는 단점이 있다.

셋째, 첫 장부터 차례대로 읽지 않아도 된다. 줄거리가 연결되는 소설은 예외로 두고, 무작위로 페이지를 펼쳐 읽는다. 지루하거나 이해되지 않으면 다시 덮고 다른 페이지를 펼쳐 보는 과정에서 설렘 같은 즐거움을 만끽한다. 이 방법은 분위기를 전환하는 데에도 좋다.

이렇게 완독에 대한 해방, 여러 권 동시에 읽기, 그리고 자유롭게 페이지를 펼쳐 읽는 방법으로 꾸준히 독서를 이어가고 있다. 책은 포기하지 않으면 언제든지 읽을 수 있는 나만의 방법을 찾을 수 있다는 것을 느끼게 되었다.

사람 사는 세상 이외에도 책을 통해 열리는 신비한 세계를 경험한 것은 나에게 큰 계기가 되었다. 그 경험이 책에 대한 나의 개념을 형성하게 했다. 긍정적인 경험으로 시작한 독서는 지금까지도 계속 읽어야 한다는 생각을 갖게 했다. 실천은 여전히 어렵지만 독서를 지속할 수 있는 환경을 만들어가며 도움을 받고 있다. 아이에게 독서의 즐거움을 주는 것은 어른으로서 가장 중요하고 소중한 일 중 하나이다. 독서는 단순한 글이 아니라 삶의 여러 감정을 배우는 중요한 방법이다. 어른이 만들어 주는 독서 환경은 아이가 독서를 통해 상상력과 사고력을 키울 기회를 제공한다. 환경이 조화를 이루면, 아이는 재미와 배움을 동시에 경험할 수 있으며, 이는 평생 독서 습관으로 이어질 수 있다. 이런 경험들이 쌓이면서, 성장해도 독서에 대한 긍정적인 태도를 유지하게 된다.

결국 아이에게 독서의 즐거움을 심어주고, 그것이 평생의 소중한 자산이 되기를 바라는 마음이 가장 큰 힘이 된다. 어릴 적의 작고 사소한 경험들이 어른이 되어 성상하는 데 중요한 배경이 된다. 작은 순간들이 모여 가치관, 인생의 방향, 그리고 감정을 형성하는 데 큰 역할을 한다. 독서는 단순한 취미가 아니라, 인생을 풍요롭게 하고 성장하게 하는 중요한 길잡이임을 느낀다. "책은 인간의 가장 훌륭한 친구다."라고 키케로는 말했다. 지금, 이 글을 읽고 있는 분들도 독서의 여정을 함께하며, 책 친구가 되었으면 좋겠다. 바라는 것이 있다면, 나의 책 읽는 모습이 단 한 명에게라도 본이 되어 책을 읽게 만드는 것이다. 책 읽는 모습은 전염성이 강하다고 믿으며, 누군가가 첫 페이지를 넘긴다면 그건 나에게 가장 큰 의미가 될 것이다.

3-6

삶의 길 위에서

김효진

흔히 삶을 길에 비유한다. 그래서 살아가는 일이란, 곧 길을 걸어가는 일이다. 길을 되돌아가지 않고서야 길 위에서 만나는 모든 일들은 당연히 처음일 수밖에 없다. 우리는 아무도 밟지 않은 눈을 밟듯 자신의 길을 걸어가고 있다. 삶에는 완성된 지도를 주지 않는다. 출발부터 마지막 순간까지 비어 있는 종이에 지도를 그려나가야 한다. 때로는 가던 길을 되돌아가야 하는 경우도 생긴다. 황야에 새로운 길을 만들어 가야 하는 때도 있다. 결국 각자의 삶을 통해 완성한 지도는 저마다 다른 모습을 가질 수밖에 없다.

어떤 이의 삶은 시작의 과정에서 높은 장벽을 만나기도 하지만, 또 다른 누군가는 달콤한 성공 이후에 퇴락의 길을 걷기도 한다. 각자의 다른 삶을 비교한다는 것은 무의미할 수도 있다. 그러나 모두가 스스로 삶의 지도를 만들어 나가고 있다는 것, 그 지도에 새긴 이정표들이 우리의 삶이 성장하고 있다는 표식이라는 것만은 분명하다.

작년 겨울, 평소 존경했던 신부님과 면담할 기회가 있었다. 저녁 미사 시작 전에 집무실을 찾아가 신부님을 뵈었다. 그 대화 속에서 나는 중요한 묵상의 주제를 만났다. '우리 삶 속에 무엇을 허용해야 하는가?' 그날부터 나는 진지하게 고민하기 시작했다.

대화를 마무리할 때쯤, 신부님이 신장암을 앓고 계셨다는 것을 알게 되었다. 평소 그런 내색이 없으셨기 때문에 전혀 예상하지 못한 일이었다. 신부님은 늘 밝은 표정으로 신자들을 맞아주셨고, 미사 시간마다 건강한 모습으로 강론 말씀을 전해주셨다. 신부님에 대한 많은 신자들의 신뢰가 두터웠기에 그분의 건강이 더욱 염려되었다.

"신부님, 앞으로는 건강을 잘 챙기셔야 해요. 우리에게 남은 삶의 시간이 너무 소중해요."

내가 알고 있는 이런저런 건강법을 권유해 드리고, 평소에 몸을 어떻게 관리하고 계시는지 자세히 여쭈어보았다. 그러나 신부님은 엄숙한 표정으로 뜻밖의 이야기를 꺼내셨다.

"저도 처음에는 병을 진단받고 큰 걱정을 했습니다. 두렵기도 했고요. 그러나 지금은 먼 날까지 생각하지 않아요. 단지 주어진 일주일의 시간만을 생각하며 살아가고 있어요. 그 시간 안에서 제가 해야 할 일들을 충실히 해 나가려고 해요. 성직자로서 삶은 온전히 저만의 삶이 아니에요. 내 건강만 챙기는 삶을 살아갈 수가 없어요. 신자들의 곁에서 제가 맡은 소임들을 해 나가는 것이 저의 몫이고요."

신부님은 신자들과 함께 있는 자리에서 음식을 가려 먹는 일도 할 수 없다고 하셨다. 미래를 두려워하지 않으실 거라고 하셨다. 또한 매일 주어진 하루를 선물이라고 생각하신다고 했다. 신부님께서 자신의 질병에 대해 초연해지기까지 얼마나 많은 고뇌와 고통의 시간이 있었을까? 나 또한 오랫동안 난치 질환인 크론병을 앓았기 때문에 병이 주는 고통이 절대 가볍지 않다는 것을 잘 알고 있다. 그래서 그러한 신부님의 말씀에 숙연해질 수밖에 없었다.

신부님은 1년 전에 신장암 수술을 하셨을 때도 성당 신자들에게 비밀에 부치셨다. 2주일간의 휴가를 얻어 여행을 간다고 하시고 홀로 병원에 가서서 수술받으셨다고 하셨다. 신자들이 당신의 건강을 걱정하는 일을 원하지 않으셨다. 수술 이후에도 후유증이 남았고 여전히 완쾌되지 않은 상황이었다.

젊은 시절뿐만 아니라 노년까지 건강하고 활력 있게 생활할 수 있다면 삶의 질은 훨씬 높을 것이다. 나 역시 그런 부분을 삶의 중요한 지향점으로 갖고 있어서 신부님의 상황이 더욱 안타까웠다. 질병의 고통을 겪어야 한다는 것은 행과 불행 중에서 불행에 더 가까운 일이라고 생각했다. 그러나 신부님은 생로병사의 고통을 피하는 것이 쉬운 일이 아니며, 자신에게도 그것은 예외가 아니라고 말씀하셨다.

"질병과 고통도 삶의 일부라고 생각해요. 죽는 날까지 건강하게 살 수 있다면 좋은 일이지만 피할 수 없는 경우들이 더 많을지도 몰라요. 저는 지금부터 덤으로 사는 삶이라고 생각하고 있어요. 저보다 어린 나이에 세상을 떠난 선배 신부님들도 계세요. 그분들을 생각하면 지금까지의 제 삶으로도 충분하다는 생각을 해요."

신부님의 맑은 음성은 집무실의 벽을 두드렸고, 공간을 가득 채웠으며, 내 깊은 마음속까지 닿았다. 오랫동안 기도를 통해 가다듬어진 목소리는 일반적인 사람들의 그것과 다른 차원의 결을 만들어 내고 있었다. 목소리는 때로 밖으로 보이는 것들보다 더 많은 의미를 지닌다. 그날 신부님의 목소리가 그러했다. 집무실 벽엔 신자들과 신부님의 사진이 빼곡하게 채워져 있었다. 사랑과 봉사의 삶이 담긴 사진들이었다.

"도미니카, 그리고 이 일은 혼자만 알고 있어요."

어쩌면 내가 겪은 투병의 삶을 신부님께서 아시기 때문에 조금은 편안하게 당신의 아픔에 대해 털어놓으신 거라는 생각을 해 보았다. 그날 미사를 드리며, 신부님의 목소리에서 그 무엇보다도 강인한 빛을 보았다. 미사를 마치고 집으로 돌아온 후에도 묵직한 생각의 주제들이 오랫동안 머릿속에 맴돌았다.

'삶은 무엇일까?'라는 질문은 진부하거나 막연한 것일 수 있다. 인류의 역사 속에서 많은 철학자들이 그것을 고민했고 그 결론들이 하나의 학파를 형성하기도 했다. 누군가는 그 중심에 행복을 두었고, 누군가는 쾌락을 말하기도 했다. 고통에 대해 강조한 종교도 있으며, 현생보다 내세를 강조한 종교도 있다. 삶에 관한 많은 의견들 속에서 분명한 사실 한 가지는, 삶은 고통 속에서 고귀한 의미들을 발견할 수 있다는 것이다.

어쩌면 '그럼에도 불구하고'라는 말이 그 의미를 대변하는 표현일지도 모르겠다. 오늘 질병으로 고통받을 때, 그럼에도 불구하고 삶을 소중히 여기는 일. 목표를 향해 나아가며 여러 장벽에 부딪힐 때, 그럼에도 불구하고 어려움을 극복하여 뜻하는 바를 이루는 일. 삶이 '죽음'이라는 전제조건을 내포하고 있지만, 그럼에도 불구하고 우리의 삶은 반짝반짝 빛나고 있다.

삶을 통해 우리가 그려나가는 지도는 밝고 화려한 색만을 지닐 수 없을 것이다. 어떤 길은 험난한 가시덤불 옆에 있고, 어떤 길은 끝을 알 수 없는 동굴을 통과해야 지날 수 있다. 그러나 그 끝에서 만난 빛은 더욱 반가운 밝음이며, 오랜 침묵 끝에서 마주한 새들의 노랫소리가 더욱 아름답게 들려올 수 있다.

삶을 통해 그리는 지도의 제목을 '삶이 무엇을 허용할 것인가?'로 정해 본다면, 그 하단에 '범례'라고 적어두고 '그럼에도 불구하고'라는 말을 진하게 새기고 싶다.

3-7

낙엽도 소중한 것을

송기홍

단독주택에 살고 있다. 아파트와 달리 주택은 계절 변화를 피부로 느낄 수 있어 좋다. 특히 가을에는 집 주변에 나뭇잎이 많이 떨어진다. 깔끔한 걸 좋아하는 아내는 낙엽이 날리면 항상 쓸어낸다. 마당을 청소하는 일에 남편 대신 아내가 빗자루를 든다. 그런데 낙엽을 쓸어 버리면 가끔은 아쉬운 생각이 든다. 정원에 있는 오래된 단풍나무에서 곱게 물든 단풍잎이 떨어진다. 나뭇잎이 굴러가는 모습이 마치 살아서 춤추는 것처럼 보인다. 바람이 부는 대로 이리저리 춤을 춘다. 바람이 세게 불면 빨리 춤추고 바람이 약하게 불면 천천히 춤을 춘다. 그러다가 바람이 멈추면 낙엽도 잠시 쉬어 간다. 낙엽의 그런 모습이 마지막 사명을 다하려는 몸부림으로 보인다. 폐암을 겪으며 죽음의 공포를 느껴본 적이 있어서일까? 낙엽조차도 소중하게 여겨진다.

직업이 목사인 덕분에 다양한 임종의 순간을 보아 왔다. 30여

년 전 30대의 젊은 나이에 직접 염(殮)을 하기도 했다. 고인 앞에서 유족이든 조문객이든 모두 숙연해진다. 임종이 다가올 때, 임종을 앞둔 사람이나 그런 순간을 지켜봐야 하는 가족에게는 초조하고 슬픈 시간이 흐른다. 그런데 죽음 앞에서도 평온을 유지하며, 임종을 지켜보면서 노래를 부르는 사람들이 있다. 그런 상황에서 노래를 부르는 것이 이상하게 보일 수도 있지만, 죽음은 맞이하는 사람에 따라 다양한 모습을 지닌다.

10년 전, 같은 마을에 살던 83세 된 어르신이 병원에 입원하셨다. 암 말기인 그분은 병세가 악화하여 수술을 비롯한 어떤 치료도 시도해 보지 못할 정도라고 했다. 문병을 다녀온 지 얼마 지나지 않았는데 호스피스 병동으로 옮기셨고, 며칠 동안 식사도 못 하셨다는 연락이 왔다. 자동차로 2시간 정도 걸리는 거리를 단숨에 달려 병원에 도착했을 때, 병상의 등받이를 꼿꼿이 세워 기대고 계셨다. 그분의 아내는 1년 전부터 교회에 다니기 시작했지만, 그분은 철저한 무신론자여서 교회에서 하는 행사라면 그것이 어떤 것이든 참석하지 않았던 분이셨다. 그런데도 목사의 병원 방문을 기다리고 계셨다. 평소에도 예의를 중시하고, 다른 사람을 배려하려는 모습이 몸에 밴 분이셨는데, 병상에서도 눕지 않고 앉아서 기다리며, 눈을 지그시 감은 채 가쁜 숨을 몰아쉬고 있었다. 며칠 동안 식사를 못 하셨다니, 보름 전 뵈었을 때보다 더 수척해 보였다. 심호흡하듯 숨을 몰아쉬면서도 눈을 잠시 떴다 감은 채 무엇인가 골똘히 생각하는 것처럼 보였다. 시간이 얼마 남지 않았음을 본인도 알고 있는 듯했다. 통증이 몰려오는지 가끔 인상을 찡그렸다. 지금, 이 순간은 병상에 누워있는 환자와 가족 모두에게 가장 힘들게 느껴지는 시간일 것이다. 그들에게 죽음의 공포를 덜어드리고 싶어서 조심스레 입을 열었나.

"선생님, 오늘은 제가 두 가지 말씀을 드리려고 왔습니다. 하나는 호스피스 병동으로 옮기셨다는 소식을 듣고 기도해 드리려고 왔습니다. 용기를 잃지 마시고 건강하게 회복되길 바랍니다. 또 하나는 천국에 대해 말씀드리려고 왔습니다. 그리고 천국은 어떻게 준비해야 하는가를 말씀드리려고 왔습니다. 사람은 누구나 한 번은 죽음을 맞이합니다. 그리고 죽음 후에는 어떻게 되는지 말씀드리려고 왔습니다. 그것에 대해 말씀드려도 되겠습니까?"

그분은 나와 눈을 마주치며 고개를 끄덕였다.

"사람에게는 영혼이 있습니다. 우리 선조들은 사람이 죽으면 저승사자가 와서 저승으로 데려간다고 했습니다. 맞습니다. 사람은 죽으면 저승으로 가게 되어 있습니다. 죽은 이후에 우리의 영혼이 저승에 가는 이유는 우리가 모두 죄인이기 때문입니다. 그런데 어떤 사람은 죽은 후에 저승이 아닌 천국으로 가기도 합니다. 그 사람은 이 땅에 사는 동안 천국을 준비해 둔 사람입니다. 천국을 준비하려면 죄의 문제를 해결해야만 합니다. 이를 위해서는 먼저 자신이 죄인임을 인정해야 합니다. 그리고 예수님께서 죄를 용서하시기 위해 십자가에 못 박혀 돌아가신 것을 믿으면, 죄의 문제가 해결됩니다. 나는 죄인이지만 예수님을 믿으면 죄 사함을 받고, 천국에 갈 수 있습니다. 선생님 천국에 가고 싶으십니까?"

잠시 망설이다가 말하기를 "예, 나도 천국으로 가고 싶어요."라고 대답하셨다. 그분에게 영접 기도를 따라 하게 했다. 그리고 그 자리에서 세례도 베풀었다. 그 모든 절차가 마쳤을 때 그분은 만족해하셨다. 사람은 누구나 한번은 죽는다. 그러나 죽음 앞에서 두려움을 느끼는 것은 자연스러운 일이다. 힘들면 죽고 싶다고 말하면서도 정작 죽음 앞에서는 두려움을 느끼는 것이다.

죽고 싶을 만큼 힘든 날이 있었다. 도저히 견딜 수가 없던 날에도 삶의 끈을 놓지 않게 해준 것은 신앙심이었다. 사람들은 각자 가진 신앙에 따라 그들의 신에게 기도를 드린다. 힘들고 어려운 순간에도 지푸라기라도 잡는 심정으로 신을 찾는다. 신앙은 이 세상에서도 위로를 주고 살아갈 용기를 준다. 그리고 죽음 앞에서 죽음의 공포를 떨쳐낼 수 있게 도와준다. 사람은 누군가를 의지하며 살아간다. 어떤 이들은 사람을 나타내는 한자 '사람 인(人)'자가 서로 기댄다는 의미라고 해석하기도 한다. 혼자서는 살 수 없고, 누군가 의지하며 사는 것이다. 어린 시절에는 부모님을 의지하고 청소년기에는 친구를 의지하다가 결혼하면 배우자를 의지하고 살아간다. 그러다가 나이가 들면 자녀를 의지하게 되는 것이 인생의 흐름이다.

늦가을에는 나뭇잎이 떨어져 바람이 부는 대로 이리저리 춤을 춘다. 그 모습이 행복해 보인다. 나도 행복하게 춤추는 낙엽처럼 인생을 마무리하고 싶다. 사람도 시간이 지나면 나이가 들고 낙엽처럼 죽음을 맞이하게 된다. 예쁜 색으로 갈아입은 나뭇잎이 낙엽 되어 춤을 추는 것처럼, 죽음 후의 우리 모습도 그렇게 춤을 추면 좋겠다. 사람에게는 영혼이 있다. 이 영혼은 우리가 죽어도 없어지지 않고 천국이든 지옥이든 어디론가 가게 된다. 천국과 지옥이 있다고 믿는 사람은 천국을 준비하게 될 것이다. 나는 천국과 지옥이 있다고 믿으며, 천국을 준비하며 살아가고 있다. 이사를 하려면 이사할 집을 미리 준비하는 것처럼, 나는 천국을 준비하며 살아가고 있다. 이 땅에 사는 동안 천국을 준비하며 사는 것이 지혜로운 삶이니까.

3-8

특별함이 없는 하루도 좋다

쓰꾸미

새벽 3시. 손목시계 알람이 울린다. 어제 10시 넘어서까지 글쓰기 수업을 들어서 그런지, 이불 속의 따뜻함을 계속 느끼고 싶어서 한쪽 눈만 떠 본다. 숫자를 거꾸로 센다. 오, 사, 삼, 이, 일. 오늘도 시작! 마음속으로 외치고, 일어나 이불을 갠다. 그리고 거실에 나와 물과 죽염 한 톨 먹으며 '나는 어제보다 성장하는 사람이다.'와 같은 자기 선언을 중얼거린다. 이젠 달리기다. 달리려고 날씨를 확인하고, 운동복으로 갈아입는다.

운동할 시간을 만들기 위해 새벽 3시에 일어난다. 불과 8개월 전만 해도 새벽에 일어나서 달리는 것은 상상조차 하지 못했다. 한여름에는 새벽에 뛰어야 무리 없이 뛸 수 있었다. 비가 오면 아파트 층계나 주차장으로 뛰고, 날씨가 추우면 반바지 안에 긴 레깅스와 위에 발팔 패딩을 귀에는 귀마개를 하고 뛴다. 이렇게 뛰니 뱃살도 빠지고 다리에 근육도 생겼다. 깊고 길게 숨을 쉰다. 그리고 스마트 워치에 찍히는 신체 나이는 36세가 좋아 보인다.

내 나이가 43세이니, 7살이나 어려졌다. 시간을 거꾸로 돌릴 수는 없지만, 스마트 워치 상에 보이는 건강 나이는 되돌릴 수 있어서 좋다.

30여 분 동안 5km를 달리고, 집으로 돌아와 샤워한다. 운동복을 벗어서 바로 세탁기에 넣고, 아내, 아들 그리고 딸이 6시에 뛴 다음 한 번에 빨 수 있도록 미리 과탄산소다를 넣는다. 여름엔 항상 땀 냄새가 났었는데, 아내가 찾은 과탄산소다를 넣고 빨래하는 방법으로 빤다. 그 후 땀 냄새에 대한 스트레스가 줄었다.

샤워하고 나면, 아침 감사 일기를 쓴다. 감사 일기를 쓰면 하루를 긍정적으로 시작할 수 있다는 문구를 책에서 봤다. 그래서 꾸준히 쓰고 있다. 전날에 좋지 않았던 일을 일기장에 감정을 쏟아 내면 개운하다. 새로운 하루, 소란스러움이 낮아진다. 당연하게 누리던 것을 감사하는 내용을 덧붙이기 시작한 후, 아내에게 하루 처음 건네는 인사말도 상냥하다. 부드럽게 건넨 인사 덕분인지, 아내가 아침마다 만들어 주는 초록이(초록색 채소로 만든 주스)를 잘 얻어 마신다. 전에는 유산균과 영양제를 먹었는데, 이 주스를 마시고 나서부터는 특별하게 먹는 영양제를 먹지 않고 있다.

야채즙을 마시면서, 하는 일이 바로 럭키비키 글쓰기 루틴이다. 주로 이 시간에 블로그나 책 쓰기를 하고 있다. 그리고 덤으로 아침에 글쓰기 루틴에 참석하는 평생 글 벗들의 얼굴을 보면서 좋은 에너지를 받는 축복의 시간이다. 어느 작가의 말처럼 최고의 작가가 되는 건 어렵지만 매일 쓰기 위해서 노력한다. 이렇게 하루 한

장이라도 쓰면서 오늘이 이미 성공한 하루라고 생각한다. 5시 28분, 글쓰기 루틴을 마무리하고 출근할 준비 한다.

출근 준비는 단순하다. 이어폰, 다이어리, 지갑, 사원증 그리고 읽을 책을 가방에 넣는다. 그리고 아이들 방으로 가서 축언해 준다. 출근 준비를 하면서 두 번째로 소중하게 여기는 순간이다.

"나의 우찬아, 오늘도 네가 원하는 것을 이루는 하루이다. 행복하게 살아가렴. 아빠는 우찬이를 사랑한다."

딸, 채민이에게도 해 준다. 나직이 말하며 아이들의 머리를 쓰다듬으면, 아이의 싫지 않은 뒤척거림으로 뿌듯함에 빠진다. 현관에서 달리러 나가면서 현관에 들여놓은 신문을 들고 출근한다.

출근길 차 안에서 '김재우의 영어 회화'를 들으며, 아버지에게 아침 운동 결과를 인증 사진과 같이 보낸다. 메시지를 보시고, 운동을 꾸준하게 하시면서 건강하게 살아가셨으면 하는 나의 바람을 담아 매일 안부를 확인한다.

이렇게 하루를 시작하면, 회사의 일에서도 기분이 좋다. 아침에 출근하면서 동료와 인사를 웃으며 하고, 서로를 배려하며 업무를 마무리한다. 회사에서 특별하게 잘한 일도 없지만, 특별하게 못한 일도 없다. 꾸준하게 하루를 차곡차곡 쌓는다.

퇴근길에는 책을 읽는다. 요즘에는 상상 스퀘어에서 하는 씽큐베이션 모임에 들어가서 다양한 분야의 책을 읽으려고 한다. 또 한 달에 한 번 있는 독서 모임인 천무(천하무적) 독서 서평을 쓰기 위해서 지정 책을 읽는다. 그렇게 읽은 책도 많다. 『문해력 공부』, 『모든 삶

은 흐른다』, 『히든 포텐셜』, 『어텐션』, 『유연함의 힘』, 『강인함의 힘』,
『놀라움의 힘』, 『겸손의 힘』. 벌써 10권을 바라보고 있다.

책을 읽으면서 집에 도착하면, 아이들과 저녁을 먹는다. 내년 고
등학생이 되는 아들은 영석고등학교가 본인에게 맞는다고 이야기
하면서, 이번 주 토요일에 친구들과 스터디카페에 가니 약속을 잡
지 말아 달라고 요청한다. 딸은 초등학교에서 축구 활동을 하는
데, 상대방 발 사이에 공을 집어넣는 드리블(알까기) 재미에 빠져
계속 엄마에게 축구학원에 다니고 싶다고 요청한다. 아내는 『히든
포텐셜』 원서를 읽으며 영어 공부를 너무 늦게 시작한 것은 아닌
지 조바심을 내비친다. 나는 집에 오면서 읽었던 책 내용을 정리
하며 공유한다. 하고 싶은 말이 많아서 1시간 정도 이야기가 이어
진다. 대부분 평범하고 소소한 일상 이야기와 주말 계획, 저녁 식
사를 마무리한다. 내가 몸이 덜 피곤하면 설거지한다. 피곤하면,
아내에게 "씻고 올게요."라고 말하면서 화장실로 가끔 도망간다.

다이어리를 쓰면서 하루를 되돌아본다. 아내도 내 옆에서 같이
다이어리를 쓴다. 그리고 나는 먼저 다이어리를 쓰면 아내가 다이
어리를 다 쓸 때까지 옆에서 앉아서 책을 읽는다. 그리고 하루 할
일을 마치면 잠자리로 같이 가서, 입냄새 방지용 입 테이프를 붙
이고 잔다.

이런 하루를 사랑한다. 지극히 평범한 하루.
일상의 반복은 나에게 다른 의미로 다가온다. 성장하고 싶다.

그러면 내 시간에 노력을 묻는다. 깊이 묻으면 묻을수록 더 좋은 결과를 얻게 된다는 말을 믿는다. 그렇게 믿는 것을 넘어 미쳐야 뭐라고 된다는 신념으로 일상을 보낸다. 일상을 지긋지긋할 정도로 반복하면서 나에 대한 믿음이 생긴다. 반복이 먼저 인지, 믿음이 먼저인지는 잘 모르겠다. 그런데 둘은 서로에게 영향을 준다. 이렇게 생긴 믿음은 나의 일상을 단단하게 만들어 준다. 단단함의 무게들이 쌓여서 남들과 차별화될 수 있는 가치를 만들어낼 수 있다고 믿는다. 그래서 지긋지긋한 반복은 나에게 항상 달콤함을 선물한다.

보이기는 하루하루가 반복되는 일상이지만, 이러한 일상을 유지하기 위한 내 감정과 생각 그리고 몸의 상태가 항상 준비되게 만들어 주어서 꾸준함이라는 큰 결과물을 만들었다. 포기의 유혹을 이긴 꾸준함을 내 손으로 만들었기에 그 누구보다 특별한 존재가 되었다고 믿는다.

매일 반복되는 일상은 힘이 있다. 책을 읽고 글을 쓰고, 감사하고 사랑하는 가장 보통의 날. 그 하루가 쌓여 특별한 결과를 만든다. 나를 믿고 내 삶을 단단하게 만들어 주는 오늘. 오늘이 바로 선물이다.

남는 건 소중한 추억들

전은태

죽음을 생각하면 삶은 더욱 뚜렷해진다. 우리가 살아가는 매일의 평범함이 얼마나 특별한지, 죽음은 삶의 거울이 되어 우리에게 말해준다. '지금'을 소중히 여기라고….

"Memento mori. 죽음을 기억하라."라는 말은 많이 들어 봤을 것이다. 삶에 관한 강연 주제에도 많이 나온다. 하지만 우리는 이 것을 금방 잊어버리고 현실에 복귀해 다시 돈이나 물질에 집착하고 산다. 죽음을 기억한다면 이렇게 살지 않을 텐데 말이다. 하지만 나 역시 마찬가지였다. 젊은 시절에는 불가능한 꿈조차 이루고 싶을 만큼 야망이 컸다. 야망을 위해 달리는 시간이 너무 빨라 죽음을 기억할 틈도 없이 앞만 보고 달렸다. 하지만 이제는 길가에 핀 들꽃도, 창문 너머로 비치는 햇살도 나를 멈춰 세운다. 세상이 천천히 흘러가면서 아름다워지기 시작했다. 이때 비로소 깨달음을 얻었다. 우리가 남길 수 있는 것은 재산도 명예도 아니었다는 것을…. 사랑하는 이들과 나눈 소소한 추억만이 우리를 기억하게 한다.

20살, 임사체험을 겪은 후, 30년이 지나 중년의 나이가 되었다. 임사체험 이후, 죽음에 대해 깊이 생각해 보고 의미 있는 삶을 살기 위해 열심히 노력했다. 그러나 죽음을 경험한 후, 불과 몇 년도 되지 않아, 나 역시도 죽음을 잊고 살고 있었다. 나중엔 열심히 산다는 의미가 퇴색되어 부와 명예를 좇기 시작했다.

얼마 전, 친구가 죽었다는 소식을 듣고 장례식장에 갔다가 갑자기 죽음이라는 단어가 내게 찾아왔다. 죽음을 피할 수 없다는 것을 다시 한번 깨닫고, 가까운 지인이 운영하는 임종 체험 센터를 찾아가 죽음을 체험해 보기로 결심했다. 20살 죽음을 경험했던 임사체험과는 사뭇 다른 느낌이었다.

20살 때는 죽기 전에 이름이나 명예를 남겨 보자고 앞만 보고 열심히 달렸다. 하지만, 나이 50이 되어 임종 체험을 통해 다시 생각해 보니 의미 있는 삶은 화려한 성공이나 멋진 타이틀 같은 부와 명예가 아니었다. 죽음 앞에서 생각난 것은 오직 내게 소중한 사람들과의 '소중한 추억' 뿐이었다.

가난했던 시절 어느 봄날, 엄마와 함께 들판에서 쑥을 캐던 기억. 손바닥에 묻었던 흙냄새, 그리고 엄마가 해 주신 쑥떡의 따뜻함. 그리고 처마 밑 마루에 앉아 기분 좋은 햇살과 바람 소리를 들으며 엄마 무릎을 베고 누워 있으면, 엄마 손이 귓속을 간질이며 귀를 파 줄 때 나는 아무 걱정 없는 아이가 되었다. 어린 시절의 한낮은 내게 천국이었고, 그 기억은 지금도 내 가슴속에 깊이 남아 있다. 이렇게 생각나는 것은 내게 소중한 사람들과의 아주 소소했던 '행복한 추억'뿐이었다.

죽음 앞에서 지금까지 살아온 삶을 하나하나 되돌아보기 시작했다. 우선, 20살에 죽음을 체험하고 죽음을 생각해 본 일은 잘한 것 같다. 죽음을 의식하고 의미 있는 죽음을 위해 의미 있는 삶을 살려고 내가 무엇에 가치를 둬야 하는지 분명해지고 내가 가야 할 길이 뚜렷해졌기 때문이다.

그로부터 30년 후, 임종 체험은 또다시 나에게 진정한 삶의 의미가 무엇인지 다시 되돌아보는 시간이었다.

죽음에 관해 얘기하면, 대부분 사람은 돈이 중요하지 않다고 한다. 그래서 나는 맘만 먹으면 벌 수 있는 돈은, 이제부터 그 마음을 먹지 않기로 했다. 죽음이라는 주제가 너무 딱딱해 그냥 한번 웃어보자고 유머를 날려 본다.돈 버는 일에 비중을 줄이고, 소중한 사람. 좋은 사람. 따뜻한 사람들과 소중한 추억을 쌓아 나가는 것에 더 많은 집중을 할 것이다.

어느 나이 많은 노인분이 이런 말씀을 하셨다.

"마지막에 웃는 사람이 승자인 줄 알았는데, 많이 웃고 산 사람이 승자더라."

나는 죽음을 경험하면서 이 말이 어떤 뜻인지 깨닫기 시작했다.

20대의 나는 타오르는 불꽃이었다. 세상을 뒤흔들고 싶은 열정으로 가득 찼다. 하지만 지금의 나는 잔잔히 빛나는 등불이다. 이젠 더 이상 세상을 바꾸려고 하지 않고, 대신 내 주위의 작은 세상을 따뜻하게 비추고 싶다.

죽음을 두려워하며 살아왔지만, 두려워할 것은 죽음이 아니라 의미 없는 삶이다. 죽음을 기억하는 순간, 내 삶의 우선순위가 명확해졌다. 이제는 돈이 아닌 사람, 성취가 아닌 추억에 가치를 둔다. 내일 당장 죽어도 여한이 없는 삶을 살자.

남에게 피해를 주지 않는 범위 내에서 내가 하고 싶은 것은 맘껏 누리며 살자. 죽음을 맞이했을 때, "그때 그걸 할걸"이라며 후회하지 말자. well-being으로 살기 위한 well-dying. 좋은 죽음으로 생을 마감하기 위해 우리는 좋은 삶을 살아가야 할 것이다. 내게 최고의 선택은 무엇일까?

인생은 이래도 후회 저래도 후회라고 한다. 그래서 정답은 없다. 하지만 이것만은 확실하다. 죽음을 체험하면 세련된 지적 충격과 함께 삶의 소중함을 깨닫는다. 그리고 삶의 우선순위가 재 정립된다. 스크루지 이야기처럼 타인과의 관계도 좋아지면서 내적 성장을 이루게 된다. 무엇보다 내 죽음과 관련된 계획을 생각해 볼 기회를 얻게 되면서 더 준비된 삶을 살 수 있도록 돕는다.

우리는 아프지 않고 건강하게 살기 위해 건강 검진을 받는다. 의미 있는 삶과 더 좋은 삶을 살기 위해, 죽음을 직접 경험하지 못하더라도 죽음을 기억하기 위해 임종 체험을 해 보는 건 어떨까? 삶에 대한 새로운 시각을 얻고, 진정한 소중함이 무엇인지 깨닫게 될 것이다.

우리가 태어나는 것과 죽음은 내 의지대로 되진 않지만, 죽음을 기억하고 내 죽음의 예고편을 안다면, 앞으로 남은 내 목숨을, 어리석은 일이나 불필요한 고통에 쓰지는 않을 것이다. 내 의지대로 내가 하고 싶은 일, 내가 행복한 일, 그리고 내게 소중한 일에 전념할 수 있지 않을까?

3-10

사치하지 않고
수수하게 사는 삶

조왕신

1960년대 우리나라는 먹고 사는 게 큰일이던 가난한 나라였다. 경제개발을 위한 외화획득을 목적으로 서독에 광부와 간호사를 파견하던 해. 급격하게 경제개발이 시작되던 1963년에 태어났다. '잘살아 보세' 새마을 운동이 시작되고, 2차 경제개발 5개년 계획이 진행되고 있던 1970년에 초등학교에 입학했다.

"학교 가기 전에 어서 먹자."

엄마가 내민 대접엔 누렇게 기름이 둥둥 떠 있고 이상한 냄새가 나는 국물이 담겨 있었다.

"싫어, 싫어요. 안 먹을래요."

초등학교 운동회 날 아침이면 엄마와 이상한 국물을 두고 먹어라, 싫다, 실랑이를 벌였다.

나는 어려서부터 몸이 약했다. 편식도 심해 어른들 걱정이 컸다. 학교 야외 행사가 있는 날이면 엄마는 내가 햇볕이 강한 운동장에서 쓰러지지나 않을까 염려했다.

"누굴 닮아서 고집이 그리 세냐. 너도 나중에 시집가서 꼭 너 같은 딸 낳아 봐라. 그래야 내 맘 알지."

엄마의 푸념이 쏟아진다. 결국 손으로 코를 쥐고 꿀썩꿀썩 마신 뒤에야 학교에 갈 수 있었다.

엄마는 새벽부터 닭에 인삼과 몇 가지 약재를 넣고 푹 고아 주셨다. 그 시절 인삼 넣은 닭 국물은 최고의 보양식이었다.

중학교 3학년 때는 상급학교 진학 때문에 학교에서 밤늦게까지 '야간 학습'을 했었다. 엄마는 정규 수업이 끝나고 청소 시간에 맞춰 저녁 도시락을 학교로 가져다주셨다. 찬밥 먹으면 잘 체하던 나에게 따뜻한 밥을 먹이겠다는 마음으로 하루도 거르지 않으셨다. 그렇다고 별스러운 반찬을 담아주시는 것도 아니었다. 내 밥그릇에 금방 지은 밥 담고, 콩나물국이나 동태찌개 같은 따뜻한 국물을 넉넉히 담아 보자기에 싸서 경비실에 놓고 가셨다. 도시락을 가지러 경비실까지 가는 시간이 어떤 날은 귀찮고 짜증스럽기도 했지만, 대체로는 친구와 함께 가면서 수다도 떨고 코미디언 흉내도 내며 개다리춤도 추는 뜻밖에 재미있는 시간이 되었다.

엄마는 자식 입에 먹을 것 챙겨 먹이는 게 가장 큰 사랑의 표현이었다. 어미 새가 부지런히 먹을 것을 새끼 새에게 물어다 주는 것처럼, 엄마의 사랑이 내게 들어와 따뜻한 밑불이 되었다. 나 또

한 아이들에게 먹을 것을 열심히 물어다 주는 어미 새가 되었다.

머리를 감으려고 샴푸를 짠다는 것이 잘못하여 린스를 짰다. '아 이런! 손바닥 위의 린스를 어쩐다? 그냥 물에 씻어버릴까?'하다 비누 받침대에 살짝 옮겨놓았다. 샴푸 후 버리지 않은 린스를 사용했으니, 절약도 하고 수질오염도 덜 시키고 참 잘했다고 생각했다.

문득 중학교 2학년 때가 생각났다. 지금처럼 아무 때나 수도꼭지를 틀면 온수가 나오는 집은 주변에 없었다. 그런 집은 미국 영화에서나 볼 수 있었다. 아침, 저녁으로 샤워하던 시절도 아니었다. 일주일에 한 번, 일요일에 엄마와 함께 목욕탕에 갔다. 비누로 머리를 감고 헹굼 물에 식초 한 방울을 떨어뜨려 린스를 대신했다. 1977년, 샴푸가 처음으로 우리나라에서 생산되었다. '유나나 샴푸'로 기억한다. 엄마를 졸랐다. 사치스럽게 뭐 이런 걸 사냐는 핀잔을 들었지만, 샴푸를 사고부터는 비누로 머리를 감아본 적이 없는 것 같다. 엄마에게 샴푸는 사치였지만 나에겐 필수품이 되었다. 뭐든 아껴야 살림 잘하는 거라고 엄마를 보고 배웠다. 그러나 경제가 발전하면서 살림을 잘한다는 개념이 조금씩 바뀌었다. '절약과 과소비 사이' 적정한 소비 지점을 고민하게 되었다.

아파트가 많아졌다. 많은 사람이 아파트로 이사 가고 싶어 했다. 1992년 12월. 둘째를 낳고 한 달 만에 새 아파트로 입주했다. 우리나라 경제가 비약적으로 발전하기 시작하던 시절이었다.

"이곳에서 평생 살아도 되겠다."

남편은 입주 첫날 쉽게 잠들지 못했다. 아들은 넓어진 거실에서 내복 바람으로 매일 슬라이딩하며 놀았다. 태어나 처음 갖게 된 집이다. 이런 게 행복인가 보다 했다. 그 당시엔 새집으로 이사를 하면 묵은 짐을 버리고 새 가구로 바꾸는 게 유행이었다. 입주 기간 내내 아파트 쓰레기장에는 아직 쓸만한 가구와 가전제품들이 버려져 있었다. '우리도 작은 TV 버리고 30인치 SONY로 바꿀까?' 갈등이 시작되었다.

'검이불루 화이불치(儉而不陋 華而不侈).' 검소하지만 누추하지 않고, 화려하지만 사치스럽지 않다는, 삼국사기 백제본기에 나오는 구절이다. 정말 멋진 말이다. '절약'이란 개념 있는 엄마로 소신을 지켰다. 가전제품을 바꾸지 않는 대신 의미를 부여했다. 결혼할 때 산 냉장고, 첫아이 서랍장, 어머니가 주신 밥솥, 남편이 쓰던 책상 등등 가족의 역사와 이야기를 덧붙였다. 소중해졌다. 구매한 순서로 서열 정리를 했다. 버리는 데 신중해졌다.

"엄마, 얘도 형이야?"

회전 정지 버튼이 고장 난 선풍기를 보며 아들이 물었다.

"얘가 아니고 형님! 너보다 한 살 위시다."

더운 여름에 우리의 잠자리를 지키느라 과로해서 회전만 하고 있다고, 다른 기능은 다 괜찮다고 말해 주었다. 아들은 오래된 가구나 가전제품을 조심스럽게 대했다.

"형님! 물 좀 마시겠습니다."

냉장고 문을 열 때 가끔 개그 하듯 너스레를 떨기도 했다.

"버리고 싶은 것을 가져가면 안 돼. 잘 쓰던 것 중에 누군가에게 필요한 것, 앞으로도 오래 쓸 수 있는 것을 가져가야 하는 거야."

아이들에게 '아나바다' 시장에 가져갈 물건의 기준을 말해 주었다.

1990년대 비약적인 발전을 이룩하던 한국경제는 1997년 11월 22일부터 2001년 8월 23일까지 IMF(국제통화기금)의 관리하에 있었다. 기업들이 대규모의 구조조정을 단행했고 실업자가 폭등했다. 경제적 고통으로 힘든 시기였다. 1998년에 불필요한 지출을 줄이고 자원을 재활용하자는 '아나바다' 운동이 시작되었다. '아나바다'는 아껴 쓰고, 나눠 쓰고, 바꿔 쓰고, 다시 쓰기의 줄임말이다.

작아서 못 입는 아이들 옷을 챙겼다. 초등학교 3학년 아들은 변신 로봇이 그려져 있는 필통을 가지고 나왔다. 유치원에 다니는 딸은 입체 동화책을 내놓았다. '아깝지 않냐' 물으니, 아이들은 '나눠 쓰는 것이니 괜찮아요'라고 답했다. 엄지를 척 치켜세우며 '나누는 마음'을 칭찬해 주었다.

'사치하지 않고 수수하게 사는 삶'을 추구한다. 내 생각만 옳다고 주장하는 건 아니다. 소비가 미덕일 때도 있다. 다만 아이들에게 꼭 필요한 소비에 대해 생각해 볼 수 있는 기회를 주고 싶었다.

제4장

나는 어떤 사람으로
기억될 것인가

—

4-1

온기를 남기는 삶,
기억 속의 따뜻한 흔적

강명경

"그는 사람을 깊이 이해하고 진심으로 사랑할 수 있는 사람이었다."

내가 세상을 떠난 뒤, 누군가가 나를 떠올린다면 어떤 사람으로 기억될까. 나는 이런 사람으로 남고 싶다. 인생은 내가 스스로 선택한 가치와 방향으로 흘러간다. 사람들과 나눈 순간들은 내 삶의 의미를 채워 준다. 내가 이루고 싶은 삶은 화려하거나 눈에 띄는 성공이 아니다. 누군가의 삶 속에 따뜻한 기억으로 자리하고 싶다. 상담을 선택한 이유도 여기에 있다.

다양한 사람들과 인연을 맺는다. 각기 다른 고민과 아픔을 가진 사람들, 그들의 사연을 듣고 때로는 작지만 소중한 말을 건넨다. 함께 시간을 보낸다. 내가 했던 말들과 행동이 그들에게 어떤 흔적으로 남는지는 알 수 없다. 하지만 그 흔적이 작게나마 위로

가 되고 힘이 되었으면 좋겠다. 나에게 상담은 단순한 생업이 아니다. 사람의 마음을 공감하며 함께 걸어가는 과정이 좋다.

퇴근 후 집에 도착한다. 평소처럼 책상 앞에 앉는다. 창밖으로는 불빛이 반짝인다. 오늘따라 유난히 고독감이 짙게 밀려온다. 낮 동안의 일은 너무 빠르게 흘러간다. 밤이 되니 정적만이 방 안을 가득 채운다. '나는 잘하고 있는 걸까.'

주위를 둘러보다가 책상 위에 무심코 펼쳐 둔 책 한 권이 눈에 들어온다. 좋은 글귀들을 적어 두었던 메모 중 한 구절이 시선을 사로잡는다. 밤에 어떤 행동을 하는지는 삶을 결정짓는 데 중요한 역할을 한다는 내용을 한참 바라본다. 그 짧은 구절은 나에게 말을 건네고 있다. 낮 동안에는 모두가 비슷하게 살아가지만, 밤에는 자신에게 투자하는 사람만이 자신의 삶을 결정한다는 말. 그 문장은 나에게 안심과 위로를 전하듯 다독거려 준다.

밤의 고독은 내 삶을 단단하게 만드는 시간이었다. 주말 밤 10시, 몇 달째 같은 작업을 반복하던 내 모습이 떠오른다. 때로는 외롭고 공허했지만, 가장 중요한 시간이었다. 그것이 쌓여 나를 이루는 힘이 되어 준다는 걸 다시금 깨닫는다. 내가 선택한 방향으로 흐르고 있고, 그 위에서 나를 다듬어 가고 있다. 혼자여도 괜찮다. 나만의 여정을 지나가는 중이다.

지금의 나도 좋지만, 누군가에게 도움을 줄 수 있는 사람이 되고 싶다. 먼저 길을 향한 선배들을 바라본다. 그들은 앞으로 나아갈 길을 상상하게 한다. 미래에 대한 기대감에 자연스럽게 나의 모습을 빗대어 본다. 기대감이 들다가도 좀 더 부족한 부분이 부각되어 움츠러들기도 한다. 그들의 모습을 보고 따라가 보려는 마음은 나를 더 조급하게 한다. 나를 인정하고 고민하는 시간이 길었던 만큼 내가 나를 안아 준다. 조급했던 마음을 내려놓기로 한다. 선배들만큼 성장할 내 모습을 기대하면서 나만의 속도로 내 삶을 살자.

각자의 삶에서 원하는 방향대로 성공한 사람들은 많다. 성공이 무엇인지 의미하는 바는 다르다. 의식주를 해결하기 위해 돈을 버는 것, 타인에게 인정받고자 성공하고 싶은 것, 자신이 원하는 목표를 성취하고 싶은 것 등. 매슬로우 욕구 단계에서 자아실현이 최종 목표인 것처럼 보인다. 다시 생각해 보면 자아를 실현한다는 욕구는 결국 잘 먹고살기 위한 게 아닐까. 목표의 방향이 어디든 내가 어디서 어떻게 무얼 하고 있는가를 고민한다.

나를 포함한 다른 누군가는 지금 이 순간도 보이지 않는 수고와 노력으로 오늘을 채운다. 하루가 저물어 가는 하늘의 주황빛은 그날의 마무리를 더해 준다. 퇴근길, '오늘 하루, 정말 수고했어요.' 라디오에서 중저음의 차분한 목소리로 전하는 DJ 멘트는 수많은 사람을 향한 메시지지만, 오늘따라 나에게 직접 해 주는 위로 같다. 지나가는 짧은 순간들이 나를 위로하고, 하루를 감사함으로 채운다. 일상 속 작은 변화와 우연한 순간들이 나를 돌아보게 한다. 감사한 하루였다고, '오늘 하루도 잘 보냈어. 고생 많았어.'라고 조용히 속삭이며 하루를 마무리하는 날들, 이것이 나를 조금씩 앞으로 나아가게 만드는 힘이 된다. 내가 감사를 느낀 만큼, 감사를 전해 본다.

　내 삶의 의미는 매일의 작은 실천에서 만들어진다. 단순히 상담사가 아닌, 사람들에게 마음의 쉼터 같은 존재가 되고 싶다. 상담을 통해 사람들의 고민 해결사가 아니라, 그들의 삶 속에서 빛을 발견하도록 돕는 조력자로서 자리하고 싶다. 가족과 친구, 동료, 내담자들. 그들은 내 삶의 일부다. 그들에게 나는 어떤 사람으로 기억될까. 남기고 싶은 것은 고군분투의 흔적이 아니다. 내가 원하는 것은 나 혼자만의 성취가 아니라 누군가에게 작은 위로를 건네줄 수 있는 삶이다. 세상이 정해 놓은 기준으로 평가받지 않고, 내가 선택한 가치로 서 있고 싶다. 사람들에게 온기를 전하고 함께 성장하는 삶으로써 말이다.

　세상을 떠나는 날, 누군가가 내 이름을 떠올리며 미소 지을 수 있는 것만으로도 내 삶은 충분히 의미 있을 것 같다. 내가 남긴 흔적이 따뜻한 빛으로 남아 그들의 삶을 밝히고 싶다. 나는 그런 사람으로 기억되었으면 좋겠다.

4-2

삶을 기록하다

강혜진

잘한다는 칭찬이 필요했다. 좋은 학생, 좋은 교사, 좋은 아내, 좋은 엄마. 나는 사람들의 인정에 목말라 있는 사람이었다. 늘 좋은 사람이길 바랐다. 그게 참 어려웠다. 마음속은 불평으로 가득한데 겉으로 좋아 보이기 위해 나를 쥐어짜는 하루하루가 힘들었다. 집으로 돌아와 혼자 이부자리에 누우면, 속마음을 숨기고 좋은 사람 가면을 쓰고 하루를 보낸 내가 너무 위선적이고 가식적이라 느껴져 자책했다. 칭찬에 어울리는 사람이 아니라 괴로웠다. '죽는 날까지 하늘을 우러러 한 점 부끄럼 없기를' 바랐던 윤동주의 고통이 이런 게 아닌가 싶었다. 어렸을 적부터 지나치게 자신에게 엄격했다. 어찌 그런 생각을 할 수 있냐고 나 자신을 미워했다. 죄책감에 치를 떨다 잠들고 다음 날 일어나면 다시 좋은 사람 가면을 쓰고 하루를 보냈다.

작년 봄이었다. 일을 마무리 짓지 못하고 잠자리에 든 그날은 밤새 편히 자지 못하고 뒤척였다. 새벽이 다 되어 다시 얼핏 잠이 들었다가 꾼 꿈이 생생하게 기억난다. 호랑이 꿈이었다. 가족과 함께 커다란 버스를 타고 나들이를 가던 중에 저 멀리서 황소만 한 호랑이가 쫓아 오는 걸 보았다. 호랑이는 많고 많은 차 중에서 내가 탄 차를 바짝 쫓아왔고 버스에 오르자마자 나를 콕 집어 물어가려 했다. 그 순간, 아직 어린 아들과 딸이 걱정되기 시작했다. 무릎을 꿇고 호랑이에게 하소연했다. 아직 아이들이 어려서 챙겨야 할 것이 많다고. 살아생전 정리하지 못한 일들도 있으니 가족들 편히 살 수 있도록 정리할 시간을 달라고. 호랑이는 혼자 잘 살겠다고 욕심부리지 않고 주변 사람 먼저 챙기는 정성이 갸륵하다며 1년 있다가 다시 데리러 오겠다는 말을 남긴 뒤 홀연히 떠났다.

죽을 뻔했다 살아난 꿈, 이것은 길몽이 분명하다며 로또라도 사러 가야겠다 까불던 나는 신이 나서 남편에게 호랑이 꿈 이야기를 들려주었다. 이야기를 듣던 남편은 나를 한심한 듯 쳐다보다가 이야기가 다 끝나기도 전에 불같이 화를 냈다. 1년 있다 죽게 생겼는데 길몽은 무슨 길몽이냐고 한심하게 웃음이 나오냐면서 말이다.

좋은 꿈을 꿨다며 기분 좋아하는 나에게 찬물을 끼얹는 남편, 아침부터 좋은 꿈을 재수 없게 해석하고 화까지 내며 나를 한심한 사람 취급한 남편에게 투덜대다가 그 꿈은 좋은 꿈이 맞다는 증거를 찾으려고 호랑이 해몽을 한참 검색했다. 길몽이라 하기도 하고 흉몽이라 하기도 하고, 관련되는 해석이 많은데 나는 자꾸 길몽이라는 글에만 눈이 갔다. 하루 종일 호랑이 꿈 때문에 일이 손에 잡히지 않았다. 남편의 말이 신경 쓰였기 때문이었다.

호랑이가 잡아간다고 했을 때, 가장 걱정이 되었던 것은 아무래도 아직 어린 아들과 딸이었다. 내가 없으면 눈물 삼키며 서럽게 살게 될 아이들이 걱정이었다. 삶의 중요한 순간마다 아이들을 안아주고 현명한 조언을 해주는 지혜로운 엄마가 되고 싶은데, 만약 일 년밖에 시간이 허락되지 않는다면 어떻게 해야 할까? 한창 사춘기에 접어든 두 아이에게 엄마의 이래라저래라하는 말은 잔소리나 다름없으니 잘 들으려 하지 않을 것이 분명했고, 자칫 잘못하면 평생 할 잔소리를 1년 만에 다 쏟아내다 죽기도 전에 먼저 아이들과 사이가 먼저 나빠지는 건 아닐까 하는 걱정이 들기도 했다.

그때부터 잔소리를 줄였다. 대신 아이가 다 자랄 때까지 꼭 들려주고 싶었던 잔소리들을 블로그에 기록으로 남기기 시작했다. 엄마는 이런 생각을 하고 이런 사람들과 어울려 지내며 이런 일을 한다고. 어른스럽고 멋진 모습을 골라 기록했다. 내가 죽은 후 아들과 딸이 내 기록을 보며 나를 기억하고 인생에서 고비를 만날 때마다 어떻게 살아야 할지 조금은 힌트를 얻어가길 바라면서.

"친구와 다투었을 땐 그 친구가 진정한 친구가 맞는지 고민해 보거라. 갑자기 불행한 일을 당했다면 그 일이 더 큰 불행을 막기 위한 액땜일지 모른다고 가볍게 여겨. 남들보다 우월하다 느껴질 때도 뽐내지 말고 주변을 먼저 챙겨야 해. 할까 말까 고민이 될 때는 망설이지 말고 실행하는 것이 후회가 남지 않더라. 늘 100점 받으려 애쓰지 말고 어제보다 조금 더 나아지면 성공한 인생이라고 여기고 노력하며 살아야 해. 만약 자신이 멋진 사람이 아니라도 자책하지 말고 항상 자기 자신을 사랑하며 인정해 주어야 한다."

쓰다 보니 깨닫게 되었다. 그 기록들은 모두 나 자신에게 들려주고 싶은 말이었다는 것을.

아버지를 일찍 여읜 친구가 있다. 친구는 살아생전 아버지 잔소리를 끔찍이도 듣기 싫다고 했었다. 나이 들고 보니 지금은 그 잔소리조차 그립단다. 그 이야기를 들은 후로 나는 내 잔소리를 기록으로 남기는 것에 대한 확신이 생겼다. 만약 1년이 지나 정말로 다시 호랑이가 찾아오고 내가 진짜로 죽게 되더라도 내 아들과 딸이 나의 기록을 보고 또 보며 기록 속에 숨어있는 엄마의 잔소리를 응원 삼아 듣고 인생을 조금씩 바른 방향으로 수정해 나갈 수 있을 거라 믿으며 글을 썼다.

글 쓰며 참 많이도 울었다. 그동안 나는 정말 애쓰고 살았고 이만하면 칭찬할 만한 인생을 살았다며 나를 보듬어 줄 수 있게 되었다. 쓸데없는 말이 줄었다. 가까운 사람에게 불평과 짜증의 말을 자주 늘어놓던 나는, 부정적인 마음을 내뱉는 대신 좋은 문장으로 승화시켜 블로그에 남기게 되었다. 남들보다 성과가 뛰어날 때, 은근히 우월감을 느끼며 그들을 깎아내리려던 마음이 줄었다. 겉으론 축하해 주면서 속으로는 질투하던 마음이 진심으로 상대를 위하는 마음으로 바뀌었다. 좋은 일이든 나쁜 일이든, 나에게 일어난 모든 일이 글감이 된다고 생각하니 궂은일도 겸허히 받아들이며 살게 되었다. 그 글감이 오늘 또 나의 아이들에게, 그리고 나 자신에게 들려줄 문장들로 기록될 테니 말이다. 그러면서 나를 판단하고 재단하며 비난하던 내가 스스로에게 관대해지고 있음을 느끼는 요즘이다.

이은대 작가님의 책 『일상과 문장 사이』를 읽었다. 세상을 탓하고 살던 그가 글을 쓰며 욕심을 버리고 감사하며 겸손해진다고 쓴 글을 읽었을 때, 세상의 모든 작가가 글을 쓰며 비슷한 감정 변화를 겪는 건 아닌가 느꼈다. 내가 글을 쓰며 느낀 변화와 너무나도 비슷한 내용이 많아 어쩌면 이은대 작가님이 내 마음을 들여다보고 글로 써 놓았나 싶을 정도였다. 오늘도 깨닫는다. 글 쓰는 삶을 살기 잘했다고. 앞으로도 나는 계속해서 감사하고 겸허한 자세로 살 수 있을 거라는 자신감도 생긴다.

호랑이 꿈을 꾸고 일 년이 훌쩍 지났지만, 나는 여전히 건강히 살아 있다. 늘 다른 사람의 인정에 목말라 있던 내가 호랑이 꿈 덕분에 글 쓰는 삶을 살게 되었고, 감사하며, 겸허히 살게 되었으니, 그 꿈은 길몽이었던 게 틀림없다.

언젠가 나의 이 기록을 보고 내 아들과 딸도 글 쓰며 자기 자신을 사랑하는 삶을 살아가면 좋겠다. 엄마가 쓴 잔소리를 두고두고 다시 펼쳐 보며 그 속에서 세상 사는 지혜를 얻어 가길 바란다.

향기를 만들 시간

고지원

슬프지 않았으면 좋겠다.

마지막, 아쉬운 눈물보다 미소를 지을 수 있으면 좋겠다. 장례식장은 무거운 정적과 슬픔이 흐르는 장소가 아닌, 떠난 사람의 추억을 즐겁게 곱씹을 수 있는 장소였으면 좋겠다. 단정한 옷을 입고 예쁘게 화장해야지. 생전에 못다 한 감사 인사를 동영상으로 남겨야겠다. 영정 사진 대신 내 목소리가 나오는 영상을 튼다면 서로 아쉬움이 덜할 것이다. 국화꽃 한 송이 놓아 주면 안개꽃에 쌓인 빨간 장미꽃 한 송이로 답례하고 싶다. 먼 길 와준 고마운 사람들에게 맛있는 음식을 대접하고 싶다. 내가 좋아하지 않는 소주보단, 향기로운 와인을 함께하고 싶다. 내가 즐겨듣던 노래들도 잔잔히 틀어 두어야지. 그렇게 온화하고 즐거운 마음으로 마지막을 함께 하고 싶다. 상대를 그리워하는 마음은 아마도 서로 주고받은 따스함과 비례하지 않을까 생각한다. 힘든 시절의 위로, 따뜻한 말 한마디, 같이 쌓았던 추억, 필요할 때 손잡아 주었던 든든함.

"참 따뜻한 사람이었어."

"많이 보고 싶을 것 같아."

그렇게 사람들이 나를 기억해 줬으면 좋겠다.

따뜻한 엄마로, 아내로 또 의사로서 잘 살아가고 있는지 자신을 돌아본다. 매 순간 주어진 역할에 충실히 하려고 애썼다. 눈앞에 닥친 하루라는 징검다리를 빨리 건너려고만 했지, 주위를 잘 살피지 못했다. 곁에 있는 소중한 사람들을 따뜻한 시선으로 대하고 보듬어 가는 마음. 지난 시간 내게 참 많이 부족했던 것 같다. 따스함을 채우는 첫 시작. 아마도 마음에서 우러나는 말과 행동이 아닐까 생각해 본다.

평소에 목소리 톤이 낮다는 말을 많이 듣는다. 저음이 주는 딱딱한 느낌, 차가운 말투. 이런 목소리 때문에 가끔 화가 났는지 묻는 사람들도 있었다. 화난 사람으로 오해를 받은 적도 있다. 착한 남편은 내 목소리의 가장 큰 피해자이다. 지난 15년간 큰 다툼 없이 지내왔지만, 애교는커녕 상냥하지 못한 내 말투 때문에 많은 상처를 받았다. 심지어 가장 가깝고 편하다는 이유로 밖에서 받은 화와 짜증을 자주 쏟아내곤 했다. 집 안에서도 사랑한다는 말을 내 뒤를 졸졸 쫓아다니며 하는 사람에게 너무 모진 아내였다. 아이들에게도 똑같았겠지.

얼마 전 부모 교육 시간, 늦잠 자는 아이를 깨우는 방법에 대해 듣게 되었다.

"○○야, 일어나!'와 같이 호명하며 깨우는 것은 좋지 않아요. 자는 아이의 등줄기를 따라 두 손으로 마사지하듯이 자극하면서 '좋은 아침이야'라고 귀에 속삭여 주세요."

매일 아침 반복되는 앙칼진 목소리의 내 모습이 떠올라 얼굴에 열이 올랐다.

"○○야, 학교 갈 거야 안 갈 거야? 알아서 좀 빨리 일어나면 안 되겠니?"

바쁜 마음과 하고 싶은 말이 더해져 아이들에게 속사포 잔소리가 이어진다. 따뜻하게 말하는 엄마. 의식적으로 노력하지 않으면 어려운 거였다.

집을 벗어난 사람과의 관계에서는 나름 '친절한 지원 씨'로 무던하게 지내 온 것 같다. '남에게 피해 주지 않게 행동하고 배려가 먼저다'라는 부모님의 교육 덕분인지 직장에서 화가 나도 모진 말 한번 해 본 적이 없다. 30년 넘은 친구들과도 알콩달콩 잘 지내온 거 보면 최소한 차가운 사람은 아닌 것 같다. 그러고 보니, 사랑하는 가족에게 제일 무서운 엄마이자 차가운 아내였단 사실이 가슴이 아프다.

내가 하는 일은 세상에 도움이 되고 있는가? 초등학교 6학년 때 처음 의사가 되고 싶단 꿈이 생겼다. 세계 각국을 돌아다니며 열악한 환경에 있는 환자들을 위해 봉사하며 살겠다는 꿈을 꾸었다. 결국 난 의사가 되었지만, 중학교 때 산 '국경 없는 의사회'책은 주인의 초심을 기다리며 책장에 꽂혀 있다. 소아청소년과 전문의를 취득하고 10년이 흐른 지금, 비록 세계의 인류를 돕진 못했지만, 묵묵히 미숙아들을 돌보는 일을 하고 있다. 해가 갈수록 아기를 돌볼 수 있는 필수 의료 인력이 줄어드는 혹독한 현실을 마주하고 있다. 24시간 의료진의 손길이 필요한 곳이 신생아 집중치료실. 비록 부족한 게 많은 나지만, 소아과 의사로서 지금 나의 자리를 묵묵히 지키는 것이 무엇보다 의미 있는 일임을 안다.

　내 삶의 목표가 나아가는 방향은 충분히 이타적인가? 나를 비워내고 베풀며 사는 삶. 대학생 시절 재활원 방문 봉사 동아리 활동을 한 이후, 봉사활동을 더 할 기회는 없었다. '열린 의사회'란 단체를 7년째 후원하고 있지만 직접 활동에 참석하지는 못했다. 결혼하고 아이들을 키우고 내 일을 하는 것만으로도 많은 육체적, 정신적 에너지가 소비되었다. 그러면서 자연스럽게 삶의 초점은 '나'였다. 나의 행복과 휴식을 위해 할 수 있는 것. 나의 경제적 이익이 더 되는 것. 나의 발전을 위한 것. 일 외의 시간에 취미 생활을 하고, 내 건강을 돌보고, 계절이 바뀌면 옷과 신발을 사고, 호캉스를 가고, 유명한 맛집을 찾아다니고. 나의 즐거움을 위해 투자하는 것이 마치 내 삶의 목표인 것처럼 지내왔다. 나를 채워나가는 생활은 끝이 없었다. 밑 빠진 독에 물 붓기 하는 것처럼 늘 2% 부족한 느낌이었다. 씨를 뿌리고 꽃을 피우듯, 나를 채운 것들은 다른 형태의 꽃들로 태어나야만 의미가 있었다.

『김미경의 마흔 수업』이라는 책에서 저자는 인생을 하루 24시간 이라 한다면, 40대는 정오를 막 지난 시점[2]이라 하였다. 아직 꽃 으로 피워 낼 시간은 충분하다. 가족들에겐 조금 더 다정한 엄마 이자 아내가 되고 싶다. 큰 딸아이가 내년에 고등학교 입학을 앞 두고 있다. 중학생이 되는 아들은 사춘기에 들어서고 있다. 이제 성인이 될 시간이 얼마 남지 않았다. 아이들을 사랑하는 만큼 따 스한 포옹을 많이 해줘야겠다. 마흔 중반을 넘어서며 가장의 무게 를 지고 있는 남편에게도 칭찬과 격려의 말을 더 해야겠다. 물론 사랑한다는 말도. 양가 부모님들을 비롯한 가족들에게도 자주 안 부를 물어야겠다. 내가 없으면 제일 슬퍼할 사람들. 카카오톡에서 이모티콘이 건네는 인사 말고, 얼굴 보며 서로의 온기를 건네는 시간을 많이 만들어야겠다. 각자 일과 육아로 바쁜 친구들에게도 더 자주 안부를 물어야지. 일 년에 몇 번 만나지 못해도 함께 나 이 들어가는 소중한 친구들. 수다 떠는 것만으로도 스트레스가 줄어드는 고마운 사람들에게 나도 편히 기댈 수 있는 나무 같은 친구로 남고 싶다.

　의사로서는 지금의 길을 힘닿는 데까지 걸어가고 싶다. 신생아 집중치료실 아기들을 돌보며, 나의 손길이 누군가에겐 희망이 된

---

2) 김미경, 『김미경의 마흔수업』, AWAKE BOOKS, 2023, 48쪽

다는 것을 보람으로 여기고 꾸준히 가야겠다. 조금 더 욕심을 낸다면, 미숙아를 출산하고 양육하는 부모님들의 걱정을 서로 나누고 정보를 교환하는 지역 내 온라인 혹은 오프라인 모임을 만들고 싶다. 나의 미약한 지식을 나눠서 누군가에게 위로와 힘이 된다면 참 보람될 것 같다. '열린 의사회'에서 주최하는 국내·외 의료봉사도 2025년엔 참여해 보고 싶다. 실천 없는 생각은 아무 의미가 없다는 걸 알기에, 주위에서 내가 할 수 있는 봉사활동을 찾아서 참여해 보고 싶다.

거울 앞에 서서 나를 바라본다. 친구들과 깔깔거리던 10대의 마음은 그대로인데 얼굴은 40대 중년 아줌마 모습이다. 인생의 정오에 있는 나를 본다. 쉼 없이 앞만 보고 달려온 오전 시간이었다. 잠시 숨을 고르고 올바른 이정표를 따라가고 있는지 초심을 떠올려 본다. 내가 세상과 작별할 때 갖고 갈 수 있는 것이 무엇인지 생각해 본다. 몸은 흙이 되어 날아가겠지만, 내가 남긴 사랑은 어쩌면 더 오래 기억될 수 있지 않을까. 따뜻한 사람. 내 인생의 오후엔 시선을 주변으로 돌리고 세상을 바라볼 수 있기를 자신에게 약속해 본다. 훗날 많은 사람들이 나의 따스함으로 피워진 향기를 기억할 수 있다면. 내 아이들도 그 발자취를 따라 걸을 수 있다면. 그럴 수 있다면 더 바랄 게 없다.

4-4

만나면 좋은 사람

김진하

아산에서 예산으로 출근하다 보면 사시사철 아름다운 벚꽃로를 만난다. 치열하고 길었던 여름을 보내고, 가을로 물든 벚꽃로에는 색색의 나뭇잎들이 바람을 타고 꽃처럼 떨어진다. 오늘 출근길에는 안개가 뿌옇게 내려앉아 바로 앞 차의 미등도 보이지 않았다. 짙은 안개를 뚫고 곧게 뻗은 도로를 천천히 달리면 마치 동화 속 세상으로 빨려 들어가는 것만 같다. 이 길을 오간 지 벌써 13년째다.

교육지원청 면접을 보고 돌아가는 길에 이 벚꽃로로 쭉 다닐 수 있으면 좋겠다고 생각했는데, 바람은 현실이 되었다.

내 직업은 상담사다. 상담받는 형, 누나를 따라 센터에 오는 서너 살 꼬맹이부터 초·중·고 학생들, 부모, 선생님, 손주를 키우는 할머니, 할아버지까지 다양한 사람들과 만난다. 예산에서 오래 근무하다 보니 근처 마트나 음식점에 가면 아는 얼굴을 심심치 않게 마주친다. 지역사회가 참 좁다.

처음 왔던 때는 지금보다 학생 수도 일도 많았다. 매시간 새로운 학생을 만나는 일정을 짠 학교에서는 한 학기에만 200명 정도를 만났다. 학생들을 데리고 1박 2일 캠프를 할 때면 밥도 하고, 고기도 구워 주며 새벽 3시까지 마라톤 상담을 했다. 심리 검사로 한 번 만난 학생이 약을 먹고 응급실에 실려 갔다는 소식에 3일 동안 먹지도 못하고 기도했던 적도 있다. 학생이 회복돼서 천만다행이었다. 시간이 흐르며 다양한 경험을 쌓아가고 있지만, 그래도 가장 기억에 남는 건 처음 이곳에 온 해에 만났던 학생들이다.

2012년은 학교 상담이 막 자리 잡기 시작한 때여서 대부분의 학교에 상담교사가 없었다. 같이 합격한 L 선생님과 나는 관내 학교 네 곳을 각각 맡아 순회 상담을 했다. 월요일과 목요일은 Y 고등학교에 갔다. 200명을 만난 그곳이다. 주원이를 처음 만난 날도 학교에서 정한 학생을 매시간 순서대로 만나고 있었다. 6교시가 시작될 무렵 누군가가 상담실 문을 두드렸다. 진로 선생님이었다. 급하게 상담이 필요한 학생이 있다며 한 남학생과 함께였다. 마른 몸 위에 너무 꼭 맞는 색 바랜 교복이 눈에 들어왔다. 학생은 선생님이 시키는 대로 의자에 비스듬히 웅크리고 앉았다. 길게 자란 머리카락이 얼굴을 가려 옆모습만 겨우 볼 수 있었다.

사안에 대해 아는 것이 없으니 무슨 일로 왔는지 물으려고 얼굴을 쳐다봤다. 그런데 마주친 학생의 눈이 새빨갛게 터져있었다. 심장이 쿵 내려앉았다. 자세히 보니 한쪽 뺨도 크게 부어있고, 표정은 넋이 나가 있었다. 뭐라 말하기 어려웠다. '학교폭력 피해일까? 더 다친 곳은 없나?' 오만가지 생각이 스쳤지만 아무 말 없이 전기포트에서 따뜻한 물을 따라 학생 앞에 놓아주었다. 그리고 기다렸다. 학생은 움직임 없이 가만히 앉아만 있었다. "괜찮아? 치료는 받았어?" 조용히 물었다. 학생은 "아니에요. 괜찮아요."라는 말만 반복했다. 더 묻지 않았다. 학생이 가고 상담실에 들어온 진로 선생님이 상황을 설명했다. "시골은 원래 동네 형들이 제일 무서워. 군기 잡는다고 애를 끌고 가서 때렸나 봐. 같은 동네 윗집 아랫집 모두 선후배 사이라 이런 일이 있어도 그냥 흐지부지 넘어가. 걔네 집이 엄마가 집 나가고, 아빠가 타지로 일 다녀서 아무도 없잖아. 애가 이러고 왔는데 교실에 둘 수가 없어서 상담실에 데려왔어."라고 했다. 맞으면서 억울했을 텐데. 아무 말 없던 아이가 안쓰럽고 정의롭지 못한 세상에 화가 났다. 그 학생이 자꾸 마음에 걸렸다. 이 학생만큼은 안정될 때까지 계속 만나야 할 것 같다고 학교 측에 말하고 상담을 시작했다. 하지만 막상 상담하려 해도 학생이 학교에 안 나올 때가 많아 약속을 잡기가 어려웠다. 겨우 만난 학생은 자퇴할 생각이라고 했다.

2학년 2학기라 일 년만 더 다니면 졸업인데 주원이는 학교에 미련이 없었다. '또 끌려가서 맞으면 어쩌지. 그래도 학교가 울타리가 돼줄 텐데'하는 생각에 자퇴만은 막고 싶었다. 뭐라도 해야 했다. 미술치료, 심리검사, 로저스 이론, 내가 아는 모든 상담 지식과 도구가 총동원됐다. 주원이 줄 간식도 신경 써서 챙겼다. 그리고 기도했다. 주원이가 제발 무사히 잘 컸으면 좋겠다고. 다행히 주원이는 상담하기로 한 날엔 학교에 나왔다. 그렇게 겨울 방학까지 10번을 만나며 자퇴의 고비를 넘길 수 있었다.

막 3학년이 되었을 때, 주원이와 친했던 친구가 스스로 세상을 떠났다. 친구의 죽음에 충격을 받은 주원이는 술을 마시거나 아파트 옥상에 올라가기도 하며 도무지 마음을 추스르지 못했다. 모든 상황이 비관적이어서 상담하는 것도 싫다며 뿌리치기 일쑤였다. 아슬아슬해 보이는 주원이를 지켜보며 내 마음도 타들어 갔다. 결국 상담을 종결하고, 멘토링 사업으로 연계해 주원이의 멘토로 지지자 역할을 했다.

그렇게 힘든 시간이 지나 2학기 실습을 마친 주원이가 마침내 고등학교 졸업식을 맞았다. 축하해 주고 싶은 마음에 한달음에 학교까지 갔다. 식이 열리는 강당은 부모님과 친구들로 가득했다. 경쾌한 음악이 흐르고, 정면에 있는 큰 화면에는 졸업생의 이름과 프로필이 순서대로 지나가고 있었다. 학교에 다니며 취득한 자격증과 진학이나 취업을 어디로 했는지도 표시됐다. 주원이네 반 차례였다. 앞번호 학생들에 이어 기다리던 주원이가 나왔다. 그런데 이름과 번호뿐이고 프로필이 깨끗했다. 사람들이 속삭이는 통에 행사장이 소란스러웠다. 졸업하기까지 얼마나 힘들었는지 안다. 하지만 ITQ 자격은 땄다고 했는데. 화면이 비어 있으니 서운했다. 그래도 '장하다. 잘했다. 해냈구나'가 먼저였다. 졸업생들 사이에 당당히 표시된 이름만 봐도 마음이 좋았다. 후배들이 준비한 졸업식 송사와 노래로 졸업식이 끝났다. 빠르게 식장을 나가는 학생들 사이로 주원이를 찾아냈다. 막상 마주치자 올 줄 몰랐다는 듯 멋쩍어했다. 우선 꽃다발을 안겼다. "주원아. 졸업 축하해. 그동안 애썼어. 장하다." 하고 어깨를 두드렸다. 뭔가 대단한 말을 해주고 싶었는데 더 아무 말도 나오지 않았다. 주원이는 이내 친구들과 약속이 있다고 바삐 뛰어가더니 강당 문 앞에서 뒤돌아보며 고맙다고 꽃다발을 흔들었다. 나도 손을 흔들었다.

3년이 지났을까? 여느 때처럼 점심을 먹으러 선생님들과 함께 걸어가는데 도로변에서 누군가 소리쳤다.

"선생님! 저 주원이에요!"

길 건너편에서 반갑게 손을 흔드는 주원이가 보였다. 거리가 있어서 나도 크게 소리쳤다.

"와! 주원아! 오랜만이다! 잘 지냈어?"

나도 머리 위로 손을 흔들며 말했다.

"저 택배 마스터 됐어요! 좀 있으면 제 차도 사요!"

말하는 주원이 표정이 환했다.

"그래! 잘했네! 멋지다. 선생님은 계속 교육청에 있으니까 놀러 와! 꼭!"

"네!"

주원이는 시원시원하게 대답하고는 길가에 세워 둔 트럭에 올라타서 이내 출발했다.

그 후로 주원이를 보지 못했다. 가끔 교육청 근처에서 택배차를 보면 주원이가 생각난다. 그때 밥이라도 사 먹이고 보냈어야 했는데 짧은 만남이 아쉽다. 하지만 무소식이 희소식이라고 잘살고 있는 모습을 봤으니, 그것만으로도 충분하다.

상담하며 가끔은 잘하고 있는지 의구심이 들 때가 있다. 아무리 애써도 상대의 마음에 닿지 않을 때면 힘이 빠진다. 그럴 때 주원이를 생각하며 마음을 다잡는다. 막막했던 그 시절에 비하면 지금은 상담자로 많이 성장했다. 그때처럼 진심으로 다가가면 힘들어도 조금은 나은 방향으로 갈 수 있다는 믿음이 있다.

이번 주는 월요일부터 금요일까지 모두 다른 학교로 출장을 간다. 가방을 챙기며 학생들을 만날 생각에 설렌다. 상담 시간을 기다렸다며 쉬는 시간을 못 참고 달려오는 학생을 보면 반갑다. 힘든 상황을 말로 표현하지 않고, 몇 주째 상자 안의 모래만 만지는 학생도 있다. 기다리면 언제가 마음을 터놓고 이야기할 때가 오겠지. 그때 든든하게 옆을 지켜 주고 싶다.

언제 어디서든 만나면 손 흔들며 기쁘게 인사할 수 있는 그런 사람으로 기억되고 싶다.

만나면 좋은 사람으로.

마음을 어떻게 먹지?

김하세한

초등학교 시절 친구에게 연락이 왔다. 우리는 아주 가끔 연락을 주고받았다. 주로 경조사가 발생했을 때였다. 작은 산골 마을에서 자랐기에 동네 친구들이 많지 않았다. 몇몇이 단짝도 아니면서 끈끈한 무언가가 있는 이상한 관계였다. 오랜만에 연락하더라도 전혀 어색함이 느껴지지 않는데, 마치 어제 통화한 것처럼 친숙함이 느껴지기 때문이었다. 이 친숙함이 어디서 오는지 정확히 알 수는 없지만, 그 감정은 나 혼자만 느끼는 것이 아니라는 점이 더욱 신기했다. 통화 내용에는 주제도 없다. 산지사방 제 맘대로 흘러 다녔다. 이 말, 저 말을 마구잡이로 늘어놓다가 울다가 웃다가 누가 보고 있다면 놀라울 정도로 따로 노는 것 같지만, 서로 놀고 있어 이상한 사람들로 여길 정도였다. 이런 이유로 어릴 적 친구들이 좋다는 생각이 들었다. 그들과의 관계에서는 가식이나 포장이 필요 없고, 나를 애써서 필터링할 필요도 전혀 없었다.

특히, 산골 마을의 시골 배경은 우리의 대화에 특별한 색을 더해주었다. 푸르른 논밭과 흐르는 개울가에서 뛰놀던 기억, 그리고 여름날의 시원한 바람은 시골의 정취를 더욱 돋보이게 했다. 어린 시절 자연에서 놀던 상태로 돌아갔기에 숨기고 포장할 이유가 없는 것이었다. 이런 모든 경험은 결국 우리 우정의 깊이를 더해주는 소중한 순간들이며, 시골의 소박한 풍경 속에서 더욱 빛나는 것임이 틀림없다. 통화를 마치고 나서, 나는 다시 그 시골의 풍경을 떠올리며 마음이 따뜻해지는 것을 느꼈다. 함께한 기억들이 나를 더욱 풍요롭게 만들어 주고, 그 순간들을 간직하고 싶다는 생각이 들었다. 그렇게 꽤 오랜 시간 수다가 끝나고 업무를 시작하려 하니 잠시 현실 세계로 돌아오는 시간이 필요했다.

커피를 내리기 위해 캡슐을 머신에 넣고, 나는 잠시 과거를 회상했다. 친구와 함께 시골 동네를 뛰어다니던 기억, 교실에서 장난치다 쫓거나 손을 들고 벌서던 순간, 그리고 집에 오는 길에 물장난하다가 개울물에 빠졌던 일들이 스쳐 지나갔다. 초등 시절의 나는 친구의 기억 속의 나와는 많은 차이가 있었다. 집안이 가난하여 도시락에는 주로 시골에서 기른 채소 위주의 반찬이 담겼고, 그로 인해 친구들과 함께 먹는 것조차 부끄러웠다. 그러나 친구는 오히려 나의 엄마가 만든 반찬이 맛있었다고 기억하고 있었다. 내가 부러워했던 친구의 어묵과 소시지 반찬은 그 시절 나에게는 사치로 여겨졌다. 나는 말이 많지 않고 드러나는 행동을 하지 않는 얌전한 아이였다. 바쁜 엄마의 손길을 충분히 받지 못해, 예쁜 옷과 머리 손질 같은 여자아이로서의 꾸밈도 불가능했다. 주눅이 들거나 불행한 기억은 없지만, 나는 눈에 띄지 않는 아이였다. 작은 학교 덕분에 친구들이 나를 알아봐 주긴 했지만, 만약 대도시의 큰 초등학교에 다녔다면 나와 같은 아이의 존재를 기억하기조차 어려웠을 것 같다. 이러한 모습이 내가 기억하는 초등학교 시절이다.

친구의 말에 따르면, 나는 친구 관계에 있어 주관이 확실한 아이였다고 한다. 어울리지 않는 친구라고 생각하면 절대로 그 친구와 가까워지지 않았다고 했다. 소수의 몇 명과 똘똘 뭉쳐 누구도 넘보지 못하는 관계를 만들었다고 했다. 내 친구는 나를 책을 많이 읽는 아이로 기억했지만, 사실 초등학교 시절에는 책이 주변에 없어서 읽고 싶어도 읽을 수 있는 환경이 아니었다. '책'이라는 존재는 내게 너무나 먼 이야기였다. 그런 가운데, 시시비비를 가려야 할 상황에서 신랄할 정도로 의견을 말했다고 전했다. 그로 인해 눈물을 흘렸던 친구도 있었다고 했다. 물론 내게는 그런 기억이 없다. 내가 울면 울었지, 다른 친구를 울릴 사람은 아니었는데, 친구의 기억이 잘못된 것인지 궁금해졌다. 이 부분은 다른 이 부분은 다른 친구에게도 확인해 보고 싶었다. 친구의 기억에 따르면, '나는 공부도 잘하고, 책도 많이 읽으며, 친구들에게 독설을 날리면서도 친구를 가려 사귀는 아이였다.'라고 한다. 친구가 기억하는 내 모습은 내 생각과는 전혀 달라서 놀라웠다. 한 사람의 모습이 이렇게까지 다를 수 있을까? 듣고 있어도 마치 남의 이야기처럼 느껴졌다. 이러한 상반된 두 가지 모습이 존재하는 것에 대해 생각해 보았다.

 직장에서 나를 힘들게 했던 순간들이 있었다. 기관의 책임자로서 리더의 자리에서 나는 매일 결정을 내려야 하는 상황에 있다. 이러한 책임감은 때때로 나에게 큰 부담으로 다가왔고, 결정장애가 아닐까 하는 생각이 들었다. 결정의 순간마다 우유부단함이라 여겼던 성격이 나를 괴롭혔고, 회의 중에는 여러 선택지 사이에서 갈팡질팡하는 내 모습을 보는 것도 힘들었다. 직원들이 의견을 제시하고 신속하게 내려질 결정을 기다리는 동안, 나는 그들로부터 느껴지는 압박감에 가슴이 답답해지기도 했다. '이 선택이 맞았을까?', '이것 때문에 누군가 상처받지는 않을까?'라는 의문이 머릿속을 떠나지 않았다. 마치 '기억의 갈림길'에서 어느 길로 가야 할지 망설이는 것과 같았다. 결정을 내리지 못하는 불안감이 나를 짓누르고, 나의 결정장애와 같은 망설임이 직원들에게 불편함을 주지는 않을까 하는 자책이 더해졌다. 사람들과의 대화에서도 고민은 깊어졌다. 어떤 의견을 제시하더라도 상대방의 반응을 두려워하며 망설이게 되었고, '이런 말이 괜찮을까?', '내가 이걸 말하면 그 사람이 불편해하지 않을까?'라는 생각이 내 마음을 흔들어 놓았다. 고민은 나를 더욱 힘들게 하며 불안감으로 다가왔다. 문제를 해결할 방법을 찾으려 애쓰며, 갈등을 통해 성장할 수 있기를 바랐다. 나의 내면에서 벌어지는 싸움은 결국 나를 더 나은 리더로 만들어 줄 것이라는 희망을 품게 되었다.

마음먹기에 달렸다. 내가 먹은 마음 하나가 달라지니, 내가 단점이라고 생각했던 우유부단한 결정장애는 타인을 위한 깊은 배려라는 것을 알게 되었다. 결정을 내리지 못하는 것은 단순한 우유부단함의 결과가 아니었다. 여러 방향성을 놓고 고민하는 과정이라는 긍정적인 시각을 가지게 되었다. 회의 시간에 고민했던 문제는 서로 다른 관점을 존중하려고 노력하며 깊이 생각했던 것이었다. 생각을 바꾸니 이 배려가 더 이상 단점이 아닌 장점임을 인정할 수 있었다. 사람들은 각기 다른 배경과 경험이 있으므로, 직원의 의견은 소중하고 의미가 있었다. 나는 이러한 다양한 시각을 수용하면서, 나의 결정이 누군가에게 미칠 영향을 깊이 생각하고 있었다. 이 과정에서 나는 단순히 결정을 내리는 것이 아니라, 함께하는 직원들과의 소통과 협력이 얼마나 중요한지도 인식하고 있었다. 이에 따라 나는 더 나은 리더가 되고자 결정을 내릴 때마다, 그 결정이 모두에게 긍정적인 영향을 미칠 수 있도록 더욱 심사숙고할 것이다. 나를 긍정적으로 인정하면서 성장과 배려의 기회로 변모하게 되었고, 이를 통해 더욱 깊이 있는 인간관계를 형성하고, 더 나은 결정을 내릴 수 있는 기반이 되어 줄 것이라 믿었다.

결국, 두 모습이 공존하는 것은 지금의 나를 형성하는 중요한 요소라고 생각한다. 이렇게 과거의 나를 돌아보며, 나는 내가 어떤 사람인지에 대한 다양한 시각을 받아들이고, 성장의 기회로 삼고자 한다. 내가 친구들에게 어떤 영향을 미쳤는지, 그리고 그 기억들이 나에게 어떤 의미인지를 되새기며, 앞으로의 나를 더 나은 방향으로 발전시키고 싶다. 내 안에는 착한 모습만 있는 것이 아니라 내가 보기 싫은 모습, 약한 모습, 부족한 부분도 있기 마련이다. 때로는 불편한 마음이 올라오거나 성난 감정을 느낄 수도 있다. 하지만 그런 모습조차 부정하거나 외면하지 않고, "그렇구나"라고 말하며 있는 그대로 바라보고 싶다. 나는 사람을 배려하며 공정하고, 잘 웃는 긍정적인 사람으로 기억되고 싶다. 타인을 이해하고 존중하는 마음으로 행동하며, 서로의 감정을 소중히 여기는 것이 얼마나 중요한지를 깨닫고 있다. 어려운 상황에서도 긍정적인 태도를 유지하려고 노력하며, 웃음을 잃지 않으려는 자세가 나뿐만 아니라 주변 사람들에게도 좋은 영향을 미칠 것이라고 믿는다. 또한, 상황을 객관적으로 보고 편견 없이 판단하며, 공정한 결정을 내리는 것이 얼마나 중요한지를 항상 명심할 것이다. 내가 지닌 긍정적인 에너지가 다른 이들에게 전해져, 그들도 자신을 사랑하고 존중할 수 있도록 돕는 사람이 되기를 바란다. 이러한 노력을 통해 나의 긍정적인 영향력이 세상에 조금이나마 이바지할 수 있기를 희망하며, 앞으로도 계속해서 더 나은 나로 성장해 나갈 것이다.

빛으로의 길

김효진

아침이 밝아왔다. 창밖을 바라보니 지붕마다 흰 눈이 소복하게 쌓여 있다. 밤새 내린 눈 덕분에 온 세상이 하얗게 빛나고 있다. 눈앞의 풍경을 한참 동안 바라보니 마음도 함께 차분해진다. 눈의 색이 하얀색인 것은 얼마나 고귀한 일인가.

챌리스트 이재영의 음반을 틀어놓고 마음의 구석구석까지 정결한, 눈처럼 하얀 빛이 담기기를 소망해 본다. 집 안엔 슈만의 연가곡인 '미르테의 꽃' 중 첫 번째 곡 '헌정, Widmung'이 흐르고 있다. 클라라를 위한 사랑의 마음이 창밖의 눈처럼 깨끗하고 아름답다고 생각했다.

겨울을 비움의 계절이라 생각했다. 비워진 자리에 새로운 봄을 맞기 위해 준비하는 시간. 그 속에 고요가 채워지고 새로운 생각들이 담긴다. 한 해의 끝자락을 잡고 지나간 시간을 돌아보고 새해 계획을 세워보며 즐거운 상상을 해 본다. 매년 이맘때가 되면 무언가를 마음껏 꿈꾸어 본다. 오늘 아침 눈으로 뒤덮인 세상은 무엇이든 그릴 수 있는 하얀 스케치북 같다.

달력을 보니 오늘이 동짓날이다. 하지부터 매일 조금씩 길어진 밤이 최고조에 달하는 오늘. 길어진 어둠이 마지막 절정을 맞고 사그라들기 시작하는 날이다. 내일부터는 어둠을 밀어낸 자리에 빛이 움을 틔울 것이다. 동지는 3일 후에 찾아오는 크리스마스와도 떼려야 뗄 수 없다. 예수 그리스도는 사랑의 가치와 아름다움을 이 세상에 알려주려고 오신 분이고, '사랑'이라는 가치는 빛의 또 다른 이름이기 때문이다. 빛의 시작인 '동지'와 사랑의 시작인 '크리스마스'가 비슷한 시기에 있다는 것은 우연이 아니라는 생각도 해 본다.

어둠이 가장 깊은 날이지만 다가올 빛이 설레기도 하고 동짓날을 특별하게 보내고 싶은 마음까지 보태 Y를 집으로 초대했다. 생각해 보니 Y는 작년에도 크리스마스를 함께 보낸 친구였다. 환경과 생태에 관심이 많은 Y를 위해 채식으로 식사를 준비하기로 마음먹었다. 메뉴는 된장찌개와 감자전, 팥죽. 필요한 재료들을 사기 위해 장을 보면서 음식이 차려진 식탁의 모습을 상상했다. 친구와 함께 음식을 먹는 장면도 떠올렸다. 음식을 만들기 전부터 콧노래가 나왔다. 나도 모르게 미소가 지어졌다.

음식을 준비하기 전에 집을 청소했다. 손님을 기다리는 설레는 마음으로 공간을 정리한다. 이리저리 놓여 있는 작은 물건의 제자리를 찾아준다. 일주일 전 화병에 꽂아 두었던 꽃을 정리하고 화사한 새 꽃을 꽂았다. 어젯밤에 널어놓은 빨래는 하루 사이에 바싹 말랐다. 빨래를 개고 물걸레로 먼지를 닦아냈다. 마음에 오랫동안 쌓여 있던 찌꺼기도 함께 사라지는 기분이 들었다. 집을 정리하고 공간을 비우며 손님을 맞이할 준비를 하는 것처럼, 내 마음에도 공간을 마련하고 환한 빛을 담을 준비를 하나씩 해 본다. 무엇이든 비워내야 다시 그 자리를 채울 수 있다.

싱크대에서 채소를 씻고 다듬는 일부터 시작했다. 미리 준비해 둔 감자를 깎아서 강판에 갈고, 소금과 튀김가루를 더해 감자전 반죽을 만들었다. 강판에 갈다가 남은 작은 감자 조각들은 따로 모아 삶은 뒤에 옥수수와 당근을 더해 감자샐러드를 만들어 두고 멸치와 다시마로 육수를 냈다. 보글보글 끓는 소리가 따뜻하게 들린다. 냉장고에 미리 소분해 둔 양파, 마늘, 파, 표고버섯을 넣었다. 칼칼한 맛을 좋아하는 친구를 위해 청양고추도 쫑쫑 썰어 넣었다. 탱글탱글한 느타리버섯을 넣고 부드러운 두부로 풍미를 더했다. 된장찌개 향기가 온 집에 가득하다.

찌개 국물이 자작하게 졸아들자, 현관문에서 '딩동' 벨이 울렸다. 빛의 전령사가 우리 집에 방문한 게 아닐까 생각해 본다. Y는 어린 시절, 밤새워 기다리던 산타클로스보다도 더 반갑고 귀한 손님이다. 문 안으로 들어선 Y는 해맑은 표정으로 인사를 건넸다. 감자샐러드를 애피타이저로 내어놓고, 프라이팬에서 감자전이 빠삭하게 익을 때까지 기다렸다. 지글지글 전이 익는 소리가 부엌을 가득 채웠다.

식탁에 정성을 들인 음식을 하나씩 차렸다. 소박한 저녁 식탁이지만 밥을 먹으며 나눈 이야기는 그 무엇보다도 풍요로웠다. 과거와 현재, 미래로 시간이 넘나들고 사랑과 삶의 대화가 식탁 위에서 자유롭게 노닐었다. 먼 훗날 어떤 모습으로 살아가고 있을지를 맘껏 상상해 보았다. 우리는 다음 해에도 빛의 축제를 함께 하기로 약속했다. 누군가에게 음식을 대접하는 일은 내게 잔칫날과 같다. 잔칫날 내접받는 손님을 기다리며 준비하는 과정이 너무나도 행복해서 내년에도 기꺼이 청소하고 음식 준비하는 시간을 즐겨 보려 한다.

6년 전쯤에 오랫동안 친구로 지내던 아델라 수녀가 내게 말했다.

"오랫동안 네가 아프다가 이제 건강을 되찾아서 정말 기뻐. 이제 앞으로 어떤 삶을 살아가고 싶어?"

나는 삶의 절반에 가까운 시간 동안 고통스러운 투병의 시간을 보냈다. 20대부터 30대의 중반에 이를 때까지 '크론병'이라는 자가면역질환은 젊음과 청춘을 송두리째 빼앗았다. 그녀는 내가 난치병으로 고통받는 모습을 가까이에서 지켜보았고, 다시 건강해지기까지 얼마나 절망했는지, 또한 얼마나 슬퍼하고 울었는지를 그 누구보다도 잘 알고 있었다.

그녀의 물음에 고민하지 않고 대답했다.

"빛을 닮고 싶어. 내 안에 빛을 쌓고 또 쌓아서 그 빛이 아주 밝아진다면, 그 환한 빛을 이 세상에 전해주고 싶어. 그렇게 밝고 환하게 살래."

병으로부터 삶을 온전히 지켜 내는 일은 내게 주어진 사명과도 같았다. 언젠가는 병을 극복해서 나와 같은 질병으로 고통받는 사람들에게 희망이 되어야겠다는 생각을 끊임없이 하면서 생활했다. 그 모든 터널을 통과하고 난 후에, 빛을 닮고 싶다는 다짐을 마음에 새겼다. 그것은 지나간 어둠의 시간을 밀어내고 새로운 삶으로 나아가기 위한 선언이기도 하다.

"네가 언젠가는 그 모든 것을 잘 이겨 낼 거라는 걸 알고 있었어. 정말 장해. 앞으로도 너의 삶을 기도로써 응원할게."

삶을 포기하지 않고 고통을 견뎌낼 수 있었던 것은 많은 이들의 사랑과 믿음 덕분이었다. 내 안엔 그들이 전해 준 빛이 가득했다. 이젠 그 빛을 사람들에게 돌려주어야 한다.

매년 동지가 될 때마다 빛의 선언을 떠올린다. 그리고 오늘처럼 소박한 빛의 축제를 열어 이야기의 식탁을 차려볼 것이다. 그 위에는 맛있는 음식과 정다운 대화가 가득 채워질 것이다. 다시 12월이 되면 새로운 축제를 위한 초대장을 만들 것이다.

동짓날, 가장 긴 어둠의 밤을 보내고 나면 빛이 다시 자라날 것이다. 하지가 될 때까지 햇빛의 시간은 우리를 향해 두 팔을 벌릴 것이다. 밤이 깊고 어두울수록 하늘의 별들은 반짝거린다. 또한 사물을 눈으로 보기 위해서는 빛이 검은 눈동자를 통과해야만 한다. 우리가 함께 동짓날의 깊은 어둠을 통과한다면 가장 환한 빛을 기쁘게 맞이할 수 있을 것이다.

4-7

감사하며 살겠습니다

송기홍

살아 있어서 감사하다. 오늘 이 시간이 누군가는 간절하게 더 살고 싶어 했던 '내일'이었을 수도 있다. 살면서 힘들다고 느끼는 것도 아직 살아 있다는 증거다. 죽은 자는 더 이상 아무것도 느낄 수 없으니 말이다. 60여 년을 살아오면서 나름 힘들게 살아왔다고 생각한다. 가난한 농부의 아들로 태어나, 가난은 언제나 그림자처럼 따라다녔다. 그래도 살아 있어서 감사하고 행복하다. 그렇게 넉넉지 않은 삶인데도 주위에서 존경하고 인정해 주는 사람들이 있다. 나만 힘든 줄 알았는데, 이야기를 들어 보면 더 힘들고 외로운 사람들이 보인다. 내가 사는 시골에는 홀로 사는 어르신들이 많다. 자녀들을 다 떠나보내고 배우자마저 사별하고 홀로 남아서 외롭다. 노부부가 함께 살아도 외롭기는 마찬가지다. 그런 어르신들에게 다가갔다. 마을회관에 가서 같이 이야기도 나누고 전기가 고장났다고 하면 전기도 봐주고 전자제품이 고장났다고 하면 일단 달려갔다. 공업고등학교를 졸업한 것이 유용하게 사용되었다.

연세가 많이 드신 어르신들은 웃음이 없다. 좀처럼 웃을 일이 없는 것이다. 그분들과 함께 웃고 싶었다. 마을회관을 찾아가서 동요를 부르며 어린 시절 이야기를 나누었다. 때로는 웃기도 하고, 어떤 분은 옛날이야기를 하면서 눈물을 흘리기도 했다. 그래도 모두 좋아하셨다. 어르신들과 함께 노래 부르고, 손뼉도 치며, 율동도 했다. 마을회관을 떠나올 때 어르신들의 건강과 자녀들을 위해서 기도해 드리면 모두 좋아하셨다. 교회는 다니지 않으셔도 기도가 끝나면, '아멘' 하셨다. 교회는 다니지 않으셔도 기도가 끝나면 '아멘'이라 하는 것은 모두가 아셨다. 마을회관에 갔는데 어느 날 93세의 할머니가 기도 해달라고 하셨다. 그분은 교회도 다니지 않는 분이신데, 목사에게 기도를 부탁하신 것이다. 그분이 원하는 기도가 무엇인지 여쭤보니 "빨리 죽게 기도 해달라"고 하셨다. 더 이상 살고 싶지 않고 고통 없이 빨리 죽고 싶다는 것이었다. 그러나 그분이 바라는 대로 기도해 드릴 수는 없었다. 그일 이후로 많은 생각을 하게 되었다. 오래 살고 싶다는 생각보다 차라리 빨리 죽고 싶다는 어르신들을 위하는 방법은 무엇일까? 죽어서 가는 천국도 좋지만, 이 땅에 사는 동안에도 행복하게 사는 것이 필요하다는 생각이 들었다. 11년 전 이 교회에 부임하면서 교회의 표어를 "천국 같은 교회"라 정했었다. 그 문구의 뜻은 교회가 천국을 가르치는 것으로 끝나는 것이 아니라, 교회는 천국을 맛보게 하는 곳이어야 한다는 생각에서 비롯된 것이었다. 어떻게 하면 천국을 맛보게 할 수 있을까? 이 땅에 사는 동안에는 교회와 가정에서라도 천국에서 사는 것 같이 지내는 것이 필요하다. 어르신들이 모이는 마을회관에서도 모두가 행복하셨으면 좋겠다. 과거에는 힘든 날도 있었지만, 이제는 과거보다 행복하게 사셨으면 좋겠다. 어제보다 나은 오늘, 오늘보다 행복한 내일은 누구나 꿈꾸고 소원하는 일이다. 어떻게 하면 그 일을 할 수 있을까?

지금, 이 순간을 감사하는 사람은 행복한 사람이다. 살아온 과거가 힘들었고 현재도 힘들기는 마찬가지지만, 그 속에서 감사할 수 있는 사람은 진정으로 행복한 사람이다. 힘들게 살면서도 감사했더니 지금은 그때보다 많이 나아졌다. 그래서 또 하루하루가 감사하게 느껴진다. 행복하고 만족해하는 삶을 나누고 싶다. 마주 앉아 이야기를 들어 보면 힘들지 않은 사람이 없다. 상담 장면에서 만나는 사람들의 문제도 고민을 공감하며 들어주기만 해도 스스로 해결책을 찾기도 한다. 자신감이 없었고 자신을 사랑하지도 못했던 사람도 자기가 얼마나 소중한 사람인가를 알게 되면 생각이 바뀌고 삶이 바뀐다. 이제 자기를 사랑하는 것이다. 하고 싶었던 것을 하고 여행도 다니고 맛집에 가서 맛있는 음식을 먹는 것도 작지만 소중한 행복이다. 건강 검진을 받을 때마다 운동의 필요성을 느끼지만 이를 실천하기 어려웠다. 요즘에는 탁구를 배우기 시작했다. 운동하면서 땀을 흘리고 웃으며 즐겁게 하다 보면 그 시간도 감사하고 행복하다. 어린 시절에는 친구들과 놀다가도 농사일을 도와달라고 부모님이 부르시면 달려가야 했었는데, 그때

를 생각하면 지금은 누구의 눈치도 보지 않고 운동할 수 있는 것
만으로도 행복하다.

산을 오르고 싶으면 산에 오르고, 바닷가에 가고 싶으면 바닷가
에 나갈 수 있는 여유로움에서도 작은 천국을 느낀다. 누구나 힘
든 시기는 있기 마련이다. 그렇게 힘든 시간을 보내는 사람들에게
웃음을 드리고 싶다. 초등학교 다닐 때는 키도 작고 말 더듬기도
심해서 자존감 낮은 아이로 항상 눈치 보며 살았는데, 돌아보니
그것조차도 감사하게 여겨진다. 결혼한 후에도 경제적으로 어려
워서 죽을 만큼 힘든 날들이 있었지만, 지금은 그때보다는 안정된
생활을 하는 것도 감사하다. 폐암을 수술하고 죽을 수도 있다는
생각에 절망스러울 때도 있었지만, 이제는 이만큼 건강해진 것도
감사할 일이다. 어린 시절의 힘들었던 기억들이 가끔은 괴롭히기
도 하지만 이렇게 회복된 지금은 감사함을 느낀다.

이 행복을 나누고 싶었다. 그래서 어르신들과 행복한 시간을 갖
기 위해 여러 가지 행사를 기획하고 실천해 보았다. 교회에서는
'어르신 여름 성경학교' 시간에 손뼉 치며 노래하고, 그림도 그리
고, 게임도 하고, 춤도 추면서 함께 웃었다. 어르신들과 함께 '한마
음체육대회'도 했다. 어르신들의 연세에 맞는 종목을 구상해서 위
험하지 않은 안전한 체육대회를 했다. 봄철이나 가을에는 관광버
스를 전세하여 온천여행이나 전국 유명 관광지도 다녀왔다. 추운

겨울에는 함께 찜질방에 가서 수건을 돌돌 말아 '양 머리'도 했다. 처음이라 어색해하면서도 모두 좋아하셨다. 70대 이상 되신 어르신들이 어린아이처럼 환하게 웃는 모습은 천사 얼굴 같아 보였다. 나이가 들어도 마음은 동심을 그리워하고 있었다. 그동안 남의 눈치 보느라 체면 때문에 하지 못했던 것을 함께 하면서 모두가 행복해하셨다.

빈 둥지를 지키는 어미 새처럼, 자녀들을 다른 지역으로 떠나보내고 홀로 남은 어르신들의 적은 외로움이다. 이농현상으로 농촌 지역에는 젊은 사람의 수가 적고, 초등학교 신입생이 없는 학교들이 늘어나고 있다. 우리 지역도 해마다 인구수가 1천 명 정도나 줄어든다. 그래도 아직 살아 있는 사람이라면 행복하게 살아가야 한다. 하고 싶었던 것을 하면서 행복을 느끼는 것처럼, 어르신들이 하고 싶었던 일을 찾아주고 도와주면서 함께 행복해지고 싶다. 감사는 행복의 통로이며 행복을 끌어 올리는 마중물이다.

꼰대이자
마지막 잔소리꾼

쓰꾸미

아이들에게 영원한 꼰대이자 잔소리꾼이 되어야 한다.

제일 좋아하는 커피는 '콜드브루'이다. 아이에게 조언하는 방법은 '라테'이다. 우리 가족 모두의 삶을 근사하게 만들고 싶다. 나뿐 아니라 아이들도 매력적인 삶을 살았으면 한다. 지금의 나는 아이들보다 조금 더 경험이 많아, 결과가 예상되면 성과를 더 얻게 하려는 마음에서 잔소리를 시작한다. 일요일 아침에 늦잠을 자려고 하는 아이를 깨우고, 집 주변 중랑천 산책로로 뛰러 나간다. 아들 우찬이가 딸 채민이에게 달리기 싫어하는 마음을 이기지 못하고 내가 들으라는 듯 말한다.

"채민아, 그렇게 칭얼거리나 불만을 표현해도 아빠의 잔소리는 변하지 않아. 그냥 받아들여."

사춘기 막바지를 달리고 있는 중학교 3학년 아들이, 이제 사춘기에 막 들어온 초등학교 4학년 딸에게 말하는 것을 보니, 각자 방식으로 적용한다.

아이에게 마지막 잔소리꾼이 되어야겠다고 결심한 이유는 『돈의 속성』의 저자 김승호가 유튜브 강연에서 전달한 메시지 때문이다. 김승호 저자는 사업에서 어느 정도 성공을 이룬 다음, 주변에서 혼내거나 눈치를 보게 만드는 사람이 이제 더 이상 없다고 하였다. 사람이 독단적으로 바뀔 수도 있다는 경고 메시지였다. 나이가 들고, 사회적 지위가 올라가고, 가정에서 말에 무게가 실림에 따라, 잔소리가 없어진다는 것에 공감한다. 하지만, 삶에서 잠시 멈추고 평소와 다른 눈으로 되돌아보아야 지혜로운 삶이라는 선물을 인생으로부터 받을 수 있다. 아이에게 잔소리꾼이 되겠다는 결심의 시작점이다. 적극적인 잔소리를 위해 지켜야 하는 것을 나누어 본다.

아이들이 큰 성공을 하더라도, 독립적인 내 생활을 유지하며 편안하게 살고 싶다.

다른 사람들에게 경제적으로 의지하는 것을 극도로 경계한다. 회사 동료나 친구에게 점심을 얻어먹기만 해도 그 시간이 불편하다. 세상에 공짜가 없다는 신념이, 나를 빚쟁이처럼 불편하게 만들기 때문이다. 식사 후 커피라도 사야 마음이 편하다. 아이들에게 불편한 마음을 느끼면, 아이들과 있는 시간의 가치가 떨어지는 것을 경계한다.

아이가 평생 눈치를 보는 사람이 내가 되고 싶다.

회사에서도 어떤 사람을 보면, 겸손이라는 단어를 모르고 행동하는 사람이 있다. 본인이 원하는 목표를 이루기 위해 불안한 선택을 하며 주변 사람들의 인상을 찌푸리게 행동한다. 행동의 원인이 가끔은 본인의 직위로부터 올 수 있고, 나이일 때에도 있다. 가끔은 계약 관계일 때도 있다. 지하철 안에서 분홍색으로 표시된 임산부 배려석에 앉아 있는 남성을 볼 때 인상이 절로 굳어진다. 아이가 커서 어른이 된 후 자신의 양심을 벗어나 행동하려고 할 때, 내 잔소리 덕분에 잠시 멈추고 다시 생각할 수 있는 공간을 주는 사람이 되고 싶다. 잠시 멈춤으로 아이가 현명하고 올바른 판단을 내릴 수 있다면 만족한다.

이렇게 잔소리를 계속하기 위해서 먼저 내 잔소리처럼 보내는 일상을 원한다.

아이에게 잔소리하는 것은 지극히 당연한 것들이다. 쓰레기통이 300m 떨어져 있더라도 걸어가서 쓰레기를 버리고, 주위에 떨어진 쓰레기를 주워 쓰레기통에 넣는 행동을 함께한다. 내 이익을 좀 덜 보더라도 많은 사람에게 더 큰 이익과 가치를 제공할 수 있다면, 그것을 하는 것이 바르다는 가치를 선물하고 싶어 아이와 함께 실천한다. 이해하는 것과 안다는 것은 다르다. 아는 것은 실천으로 이어지기 때문에, 늘 이해하는 것을 아는 것으로 바꾸는 것은 힘들다. 작은 이익의 유혹에 흔들린다. 내가 내 잔소리처럼 살아야 하는 이유는 아이들에게 모범이 되어야 잔소리 효과가 있다는 것을 알기 때문이다.

우찬이에게는 항상 예쁘게 말하라고 잔소리한다. 사춘기여서 모든 것이 허용되는 것이 아니라고 이야기한다. 특히 우찬이는 기분이 좋지 않으면 날카롭게 정색하며 이야기한다. 1주일 뒤에 베트남으로 출장 간다. 아빠가 해외에 나가는 것이 아쉬웠는지, 아들은 2주 진에 친구들과 길빗집에서 고기를 잘 굽는다고 칭찬을 받았다고 자랑했다. 나에게도 출장 전에 맛있게 고기를 구워준다고 제안했다. 그래서 갈빗집에 아들과 아내 그리고 나, 셋이 2024년 수능 날 점심시간에 다녀오자고 우찬이에게 제안했다. 우찬이는 이 제안이 마음에 들지 않았다. 미리 사전에 일정이 확인되지 않았고, 모처럼 휴일의 여유를 즐기고 싶어서 저녁에 가자고 협상이 들어왔다. 오늘이 수능이기 때문에 저녁 시간에는 수험생으로 사람이 많을 것 같으니, 점심시간에 다녀오는 것으로 다시 의견을 냈다. 아들이 투덜거리기 시작했다. 시험공부도 해야 하고, 아침에 웹툰도 봐야 하고, 그러면서 동생은 오늘 점심시간에 못 가니 토요일에 가자고 했다. 토요일에는 베트남에 부임해야 하니, 짐을 싸느라 시간이 부족하다고 다시 생각해 달라고 부탁하였다. 투덜투덜하면서 승낙했다. 이때 아들에게 한마디를 덧붙여 고맙다고 하였다. 무슨 일이든 선의를 가지고 해주려고 마음먹었다면, 기분 좋게 해주어야 상대방도 고맙다는 진심을 더 크게 느낄 수 있다고 잔소리했다. 그냥 짧은 대답으로 고맙다고 해도 충분했는지 모르겠다. 그런데 아들에게 일상을 대하는 태도를 명확하게 전달하고 싶어 잔소리를 덧붙였다. 상대방 입장에서 이야기하는 방법,

즉 존중이라는 단어에 대해 가르치고 싶어 감정까지 덧붙여서 설명했다. 아빠가 출장을 간다고 고기를 구워주는 이쁜 마음이 고마운데, 사람들이 적당히 있는 쾌적한 환경에서 먹고 싶다고 이야기했다. 아들은 누그러졌는지 상냥하게 알겠다고 답했다.

초등학교 4학년의 딸은 방에 들어가면, 항상 자동으로 나오는 말이 있다. "치울게요."라는 문장이다. 딸의 방에 들어가면, 바닥을 찾기가 힘들다. 내복, 잠옷, 외출복 등이 바닥에 뒤엉켜 있다. 그리고 책은 책꽂이에 있어야 하는데, 바닥에서 서로 간의 영역 싸움을 아주 치열하게 벌이고 있다. 책상 위에는 전날에 간식으로 젤리, 초코파이 그리고 자유시간을 먹었다는 사실을 확인할 수 있게 포장지가 돌아다닌다. 가정 통신문은 동서남북을 접은 종이와 함께 돌아다녀서, 가끔은 준비해야 하는 준비물을 놓고 학교에 간 적도 있다. 종이로 만들기를 좋아하는 채민이는 책상 위에 작은 종이 가루가 돌아다녀, 책상 위는 언제나 눈이 내린 겨울인 것 같다. 그래서 무엇을 요청하기 전에 방 정리부터 하고 나서 요청하라는 것이 요즘에 딸과 대화에서 내 첫 문장이다.

해외에서 근무하다가 한국으로 휴가를 들어오면, 휴가 기간에 데자뷔 느낌을 받는다. 어렸을 때 들었던 잔소리를 자녀들에게 대물림하고 있다. 엄마나 누나들에게 들었던 '이쁘게 말해라.', '말은 그 사람의 품격이다'라는 잔소리를 우찬이에게 한다. 초등학생이었을 때에 준비물을 자주 두고 학교에 가서, 어머니에게 전화로 물건을 가져다 달라고 하는, 나를 닮은 딸의 모습도 발견한다. 초등학교 4학년 5월 어느 날, 새 옷을 입고 학교에 간다고 설레어 가방을 집에 두고 온 적이 있는데 내 경험보다 딸이 그나마 낫다.

아이들의 행동이 나를 쏙 빼닮아 놀라울 따름이다. 아이에게 하는 잔소리가 내가 그렇게 하지 말아야 한다는 다짐으로 바뀌 반복하고 있다. 잔소리의 효과를 보기 위해 내가 잘하고 있는 것을 주제로 꺼내야 아이들에게 역으로 질문받거나 반대 의견 받지 않는다. 아이들에게 잔소리하기 전, 내 행동이나 일상을 먼저 살펴보고 잔소리를 시작한다. 만약에 잔소리가 아직 실천으로 이어지지 않은 사항이라면, 아이에게 같이 한번 도전해 보자고 솔직하게 이야기한다.

성인이 되고 경제적으로 독립하면, 내 생각만이 옳다고 굳어지는 경우가 많다. 다른 사람들의 의견을 듣지 않는 경우도 종종 있다. 설령 잘못하고 있는 경우에도 내 주변의 사람들이 내 눈치를 보느라 제대로 이야기를 못 한다. 회사에서 직급이 올라갈수록 외롭다. 집에서도 누군가 내가 틀린 의견을 내어도 결과를 확인하기 전까지 피드백을 받지 못한다.

그래서 아이에게 잔소리를 꾸준하게 하는 이유는 자신의 상태를 확인할 기회를 통해 다른 관점으로 상황을 살펴볼 시간을 아이들에게 선물하고 싶기 때문이다. 이러한 방식이 세상을 보다 가치 있게 살아가는 지혜 중의 하나임을 이제는 안다.

죽는 순간에도,
죽은 후에도,
나누고 싶다

전은태

스무 살의 어느 날, 죽음이 내 앞에 서 있었다. 차가운 병원 침대에 누워 있을 때, 머릿속은 잿빛 공포와 후회로 가득 찼다.

"내가 지금 세상을 떠난다면, 사람들은 나를 어떻게 기억할까?"

죽음을 체험하고 기적적으로 살아나 병원 침대에 누워 눈을 감고 생각했을 때, 어떤 누군가의 얼굴이 떠오르기보단, 대신 내가 살아왔던 잘못된 선택들이 떠올랐다.

부모님께 사랑한다는 말을 꺼내기 부끄러워 꾹꾹 눌러 담았던 기억이 떠올랐다. 엄마에게는 "사랑해요."라는 단 한마디를 말하기가 왜 그리 어려웠을까? 이런 말 대신, "엄마, 반찬은 왜 맨날 그거야?"라며 짜증만 부렸다. 친구들과는 사소한 일로 싸워 몇 달간 말 한마디 없이 지냈다. 나는 왜 그토록 표현에 인색했을까? 내가 남긴 흔적은 사랑보다는 상처에 더 가까웠을까? 죽음 앞에 이별이 다가왔을 때 가장 먼저 떠오른 건, 내가 나눈 사랑보다는 내가 준 상처들이었다. 그리고 내가 상처 준 사람들이 나를 어떤 사람으로 기억할지 궁금했다.

하지만 스무 살 정도로 어렸을 당시엔, 누군가에게 어떤 사람으로 기억되기보다는 세상에 발자취를 남겨 뭐라도 업적을 남겨 보자는 명예욕이 컸던 것 같다. 30년이 지나 중년이 되어 임종 체험을 한 후, 생각이 많이 달라졌다.

우리는 종종 삶의 길이를 고민하지만, 길이보다 중요한 건 그 깊이다. 나는 '무엇을 위해 살았는가?'와 '누구를 위해 살았는가?'라는 질문 앞에서 머뭇거릴 수밖에 없었다. 명예와 업적은 시간이 지나면 흐릿해지지만, 사랑과 나눔은 언제나 사람들의 마음에 남는다

임종 체험에서 내가 들어갈 관을 옆에 두고 유서를 쓰는데 내가 어떤 사람으로 기억되기보다는 어떻게 후회 없는 삶을 잘 살아왔는가? 후회나 아쉬움은 없었는가? 세상에 여한은 없는가? 생각해 보게 되었다.

내 묘비명을 쓰는데 딱 떠오르는 묘비명은 첫마디가 '한세상 재밌게 살다가 갑니다'였다. 한 사람의 생을 요약하는 단 하나의 문장이다. 내 삶의 초점이 후회보다는 즐거움에 맞춰져 있었다는 증

거다.

이 책을 읽는 독자분들은 당신의 삶을 한마디로 요약한다면 어떤 묘비명을 남기겠는가? 그 묘비명에 당신이 나눈 사랑과 추억이 담겨 있는지. 그리고 오늘을 살아가는 당신의 선택과 발걸음은 그 문장으로 향하고 있는가? 사랑을 남기고 가는지 후회를 남기고 가는지.

그렇게 나는 20살 젊은 나이에 죽음을 체험하고 최대한 후회하지 않는 삶을 살기 위해 의미 있고 여한이 없는 삶을 살려고 노력했다. 그러한 결과 저런 말이 나오지 않았나 하는 생각이 들었다. 그에 덧붙여 남아있는 사람들을 위해 더 많이 주지 못하고 더 많이 사랑해 주지 못한 것들이 조금 아쉬울 뿐이다.

죽음 앞에선 모든 것들이 의미 없어지고, 기억 속 좋은 추억과 세상을 향해 베풀고 사랑하며 살았던 좋은 기억을 가지고 생을 마감하게 된다.

저 사람은 죽으면서까지도 자꾸 뭔가를 남기려고 하네? 죽는 순간까지도 사람들에게 웃음을 남기고, 사랑을 베풀며 떠난 사람. 그게 내 삶의 목표였고 그런 사람으로 기억되고 싶다.

죽음 앞에선, '무엇을 가졌나'보다는 '무엇을 주었나'가 더 중요하다는 사실을 알았다. 나는 웃음을 남기고, 사랑을 나누고, 추억을 심어주는 사람이 되고 싶다. 죽음조차 누군가에게 사랑을 전할 수 있는 마지막 기회라면, 나는 그 기회를 붙잡겠다. 그리고 그러한 목표를 향해 하루하루를 의미 있게 살아가는 것이야말로 나 자신에게 줄 수 있는 가장 큰 선물이 아닐까?

죽는 순간에도 그리고 죽고 난 후에도 세상에 뭐라도 보탬이 되기 위해, 누군가에게 나눌 수 있는 것이 있기를 바라는 마음으로 나는 이미 오래전 장기기증에 서약했다. 내 운전면허증 하단에는 사랑의 씨앗 그림과 함께 장기기증이라고 쓰여있다. 누군가 내 몸의 일부로 새 생명을 얻고, 그 생명이 다시 누군가를 사랑한다면, 그 사랑은 여전히 퍼져 나갈 것이고 나는 여전히 사랑이 가득한 세상 속에 살아 있는 셈이다. 크고 대단한 것은 아니지만, 나는 그렇게 사랑의 씨앗을 심고 가고 싶다. 누군가의 마음속에 그 씨앗이 자라날 때, 내 삶은 끝난 것이 아니라 다시 시작된다.

20대 때는 세상에 뭔가를 남기지 못한 것이 아쉬웠다. 하만 그땐, 명예나 이름을 알리려 했다. 하지만 지금, 내 죽음이 두렵지 않은 이유는, 내가 나눈 사랑이 이 세상 어딘가에 계속 존재할 것이라는 믿음 때문에 아쉬울 것이 없다.

그것이 내가 죽는 순간에도, 죽은 후에도 나누고 싶은 이유다. 독자 여러분도 당신의 삶을 돌아보며 물어보라.
"나는 어떤 사랑을 남기고 가고 있는가?"
그 질문이 당신의 하루를, 그리고 당신의 삶 전체를 더 풍요롭고 아름답게 만들어 줄 것이다.

레오 톨스토이는 "인간이 사랑 없이 살 수 있다는 것은, 사랑 없이 태어날 수 있다는 것만큼 불가능하다"라고 말했다. 결국은 삶의 모든 흔적은 사랑으로 귀결된다.

너무 무겁지 않게,
너무 가볍지도 않게

조왕신

『**여보게**, 저승 갈 때 뭘 가지고 가지?』 1993년에 발간된 석용산 스님의 책이다. 제목에 마음을 홀딱 뺏겨 버렸다. 무슨 내용인지 들춰 보지도 않고 샀다. 34개월과 6개월 된, 손이 많이 가는 아이 둘을 돌보며 내 시간을 갖는다는 건 어려운 일이다. 결국 책 표지에 쓰여 있는 시만 바라보다 세월이 지나갔다. 가끔 표지에서 보았던 시 구절 몇 대목이 생각나곤 했다.

여보게, 저승 갈 때 뭘 가지고 가지?
솔바람 한 줌, 댓 그늘 한 자락, 풍경 소리.

어느 날, 의문이 생겼다. '영혼의 무게가 몇 그램이면 내가 원하는 곳으로 갈 수 있을까?' 살아온 날들을 무게로 측정할 수 있다면, 착하게 산 삶에서 악한 행동을 한 부분을 제하고 남은 크기가 내 영혼의 무게가 되는 걸까? 너무 무거우면 날지 못해 가라앉겠지. 너무 가벼우면 바람에 이리저리 날리다 원하는 곳까지 가지 못하겠지. 그렇다면 너무 무겁지 않게, 너무 가볍지도 않게 산다면 그곳으로 갈 수 있지 않을까?

순간순간을 살아낸 결과로 가게 되는 거라면 '지금 어떻게 살아야 할까?' 생각에 빠졌다. 매번 생각은 일어났지만 금방 사라졌다. 생각이라는 것이, 있는 것 같으나 들여다보면 실체가 없었다. 실제로 존재하지 않는 허상이었다.

오래 답을 찾지 못했던 의문. 삶의 끝에 '어디로 가고 싶은가'를 더 이상 고민하지 않기로 했다. 물거품 같은 허상에 끌려다니지도 않기로 했다. 사랑하고 나누며 일상을 담담하게 살아보기로 했다.

"미안한데, 25년 전 약속이 아직 유효하다면 지금이라도 당신 공부 다시 시작해 볼까?"

둘째 아이가 대학에 들어가자, 남편이 조심스럽게 말을 건넸다.

"지금 내 나이가 몇인데, 됐어."

결혼을 앞두고 남편은, 자기만 편해지려고 결혼하는 게 아니라고 했다. 남편이 먼저 공부 마치면 다음에 내가 공부하는 것으로 약속했었다. 그러나 아이들이 태어나고, 집안일을 하면서 계획대로 하고 싶었던 공부를 한다는 것이 말처럼 쉬운 일이 아니었다. 조금의 여윳돈이 생기면 아들 학원이라도 한 개 더 보내지. 나한테 쓸 돈이라면 딸내미 어학연수 시키지. 이런저런 이유로 늘 뒤로 밀렸다.

남편은 내 눈치를 보며 혼잣말하듯 말을 이었다.

"음, 변명하자면, 애들 둘을 혼자서 돌본다는 게 엄두가 나지 않았어."

가만히 잡고 있던 손에 힘을 준다.

"결혼 전 약속을 잊은 건 아니었는데, 마침 당신이 아무 말 없기에 그냥 있었지. 그러다 보니 많이 늦어졌네."

미안해하는 남편에게 '내 선택이었다고, 후회하지 않는다'라고 했다. 그러나 미련은 남아 있었다. 다시 시작하는 게 두렵기도 했다. 남편의 적극적인 지원에 힘 얻어 2012년 대학원 석사과정에 입학했다. 대학 졸업 후 27년 만이었다. 남편은 수업에 필요한 필기도구며 노트까지 꼼꼼히 챙겨 주었다. 초등학교 때 학년이 바뀔 때마다 친정아버지가 해주시던 것처럼. 늦은 공부 한다고 정신없이 바쁘게 살았다. 덕분에 아이들이 떠난 집이지만 '빈 둥지 증후군'은 없었다.

운이 좋았다. 좋은 인연을 많이 만났다. 박사과정에서 같이 공부한 선후배들과 애정이 특별했다. 서로 도와주고 함께 하는 일이 많았다. '코로나19'로 세상이 어둡던 시기에 '정부세종청사 공무원 마음건강센터'에서 근무했다. 청사 분위기는 눈코 뜰 새 없이 바빴다. 스트레스와 우울을 호소하는 직원들이 많았다. 필요한 치유 프로그램을 만들고 정성껏 상담했다. 2022년부터 '충남소방본부 찾아가는 상담실'에서 소방대원과 가족들을 상담하고 있다. 상담 공부는 나를 성장시키는 과정이었다. 끊임없이 나의 내면을 바라 보게 했다. 과거의 상처에 아파하기도 했다. 해결하지 못한 채 묵혀 둔 감정과 화해하고, 나처럼 아파하는 내담자를 사랑하게 한 다. 내담자와 함께 성장하는 미래를 소망하게 한다.

시작하기에 너무 늦은 시간이란 없는 것 같다. 하고 싶은 일이 있다면 그때가 그 일을 시작하기에 가장 좋은 적기이다. 아이들의 엄마로 살다가 내 이름 조왕신으로 살 수 있게 기회를 준 남편에 게 감사하다.

생각해 보면 매 순간 최선을 다했다고 자신할 수는 없다. 최선 을 다하고 싶었지만, 차선의 선택도 많이 했다. 마음이 단단한 소 신 있는 사람으로 살고 싶었다. 아이들 교육은 더욱 그랬다. 그러 나 첫째 아이가 유치원 다닐 때까지. 딱 그때까지였던 것 같다. 한 글과 더하기 빼기를 가르쳐 주는 것보다, 잘 놀게 하고 예의 바르 게 잡아 주는 유치원을 선택했다. 초등학교에 입학시키고부터는 '소신껏'이 안 되었다. 공부는 '다소 늦어져도 본인이 원하는 것을, 본인이 원할 때 시킨다.'라는 소신이 흔들렸다. 아들은 글자를 읽 을 줄은 알았지만 잘 쓰지는 못했다. 그 정도면 입학할 만하다고 생각했다. 수업 첫날 알림장에 삐뚤빼뚤 글씨인지 그림인지 알 수 없게 적어 왔다. 그때부터 조급증이 생겼다. '스스로 잘 이겨 낼 때까지 기다려야 하나?' 쉽지 않았다. 다른 사람들과 별반 다르지 않았다. 생각해 보면 내 욕심이지 싶었다. 후회하지 않는 삶을 살고 싶었다. 그러나 돌아보니 후회투성이다. '타임머신이 있다면. 딱 한 번만이라도 다시 기회를 얻는다면. 좀 달라질까?' 가끔 생각해 보지만, 여전히 후회는 남을 것 같다. 그 또한 욕심이지. 있는 그대로 받아들이기로 했다. 순응하기로 했다. 최선이 아닌 차선이었으면 어때. 이만하길 다행이라고 생각하기로 했다. 불평하지 않았다. 이만큼의 삶을 받아들이니 마음이 넉넉해졌다.

"남편은 아내에게, 아내는 남편에게 그리고 부모님께, 천당에서와 같이 하십시오. 또한 자녀들이 이것을 본받아서, 자녀들도 천당에서 살 수 있도록, 그리고 홀로서기를 할 수 있도록 도와주십시오."

딸 결혼식 축사 일부이다. 남편은 딸 부부에게 하고 싶은 말을 몇 날 며칠 고르고 골라 천당과 지옥에 관해 이야기했다. 천당과 지옥은 똑같이 산해진미가 차려져 있다고 한다. 특이한 것은 기다란 젓가락으로만 음식을 먹어야 한다는 거다. 천당에서는 긴 젓가락으로 음식을 서로의 입에 넣어 주어 배불리 먹을 수 있었지만, 지옥에서는 음식을 자기 입으로만 가져가려다가 하나도 못 먹어서 배를 곯는다고 한다. 더욱 특이한 것은 젓가락이 입속에 들어갔다 나올수록 짧아져서 나중에는 자기 혼자서도 음식을 먹을 수 있게 된다고 한다.

남편의 축사는 우리 부부의 천당에서 딸이 홀로서기에 성공했음을 알리는 의식이었다.

딸이 임신했다. 곧 할머니가 된다. 나의 천당은 아들, 딸을 키우며 미처 주지 못했던 사랑을 손주한테 다 주는 곳이어야겠다. 넉넉하게 품어주는 따뜻한 할머니가 되기로 다짐한다.

하얀 담장 위로 빨간 덩굴장미가 피어 있는 작은 집. 아무 장식 없는 나무 바닥에 방석 두 개만 놓여 있는 거실. 명상으로 시작하는 하루를 꿈꾼다.

요한 스트라우스의 '봄의 소리'에서 느껴지는 봄의 기운처럼, 왈츠를 추듯 리듬에 맞춰 사뿐사뿐 살아야겠다. 너무 무겁지 않게, 그렇다고 너무 가볍지도 않게.

마치는 글

강명경

화려한 장미꽃보다는 돋보이게 해주는 잔잔한 느낌의 안개꽃이 좋습니다. 돈만 많은 부자보다는 웃음과 행복이 넘치는 부자이길 바랍니다. 삶에 대해 고민하며 앞으로 달리다 보면 어느 순간 브레이크 걸릴 때도, 나를 잃게 될 때도 있습니다. 누군가가 쉽게 꺼내줄 수 없을 때, 삶에 대한 나만의 철학이 있다는 건 힘이 됩니다. 내면의 힘이 더욱 단단해지는 과정인 것 같습니다. 어느 날엔가 힘든 순간 하늘을 보면 말없이 곁에서 나를 비춰주는 달빛을 만납니다. 그렇게 또다시 아침이 밝아옵니다.

강혜진

매일 아침, 오늘을 어떻게 살지 계획하는 것이 제 하루의 첫 번째 루틴입니다. 해야 할 목록을 주욱 나열하면서도 잊지 않는 것은 그 목록들을 가치 있는 일들로 채우려 한다는 것입니다. 나에게 주어진 하루가 48시간이면 좋겠다고 욕심낸 적이 있습니다. 잠을 자지 않아도 피곤하지 않았으면 하는 허황한 꿈을 꾼 적도 있습니다. 그러나 이제는 시간의 길고 짧음에 집중하기보다는 그 시간을 어떤 가치 있는 일들로 채워나갈 수 있을지 고민합니다. 하루하루가 가치 있다면 분명 그 삶은 성공한 삶일 테니까요.

고지원

시간을 멈추는 일. 아마 내 의지대로 할 수 없는 유일한 일이 아닐까 생각해 봅니다. 하지만 그 시간을 누구와 어떻게 보낼 건지, 어떤 마음으로 대할 건지는 스스로 결정할 수 있습니다. 째깍째깍 지금, 이 순간도 시간이 흐릅니다. 나이 제곱의 속도로 시간이 해마다 더 빨리 도망갑니다. 나에게 수고한다고 한마디, 지인들에게 고맙다고 한마디, 가족들에게 사랑한다고 한마디 더 해야겠습니다. 훗날 시간이 멈출 때 그 한마디를 못 해 후회하지 않도록 더 따뜻하게 하루하루를 살아야겠습니다. 이 책을 읽은 분들의 마음에도 그러한 따뜻한 불씨가 피어나길 바랍니다.

김진하

어릴 때부터 꾸준히 써 온 일기 덕분에 Wee센터 보도자료 업무를 맡게 되었다. 보도자료의 사진을 찍다 보니 소식지 편찬 업무가 따라왔다. 예산 Wee센터의 활동을 담은 『마음의 창』 소식지를 7년 동안 만들었다. 여러 직장을 다녔지만 글 쓰는 업무가 주어진 것은 이번이 처음이다. 그 경험들 덕분에 책을 쓰겠다는 용기도 낼 수 있었다. 모두가 소중한 기회였다. 이 책을 읽는 분들에게도 삶에서 만날 수 있는 가장 멋진 기회가 찾아오셨으면 한다. 그리고 그 기회를 기꺼이 잡으시기를 바란다.

김하세한

아침에 일어났을 때 창밖을 바라보며, 햇살이 비치는 모습에 감동할 때, 나는 존재의 신비에 대해 생각한다. 왜 나는 이곳에 존재하는가? 나의 삶은 어떤 의미가 있을까? 이런 질문들은 일상의 소소한 순간에서 비롯된다. 누구나 각자의 방식으로 철학자가 될 수 있다는 사실은 참으로 매력적이다. 우리는 모두 자신만의 질문이 있으며, 그 질문들은 우리를 성장하게 만들고, 더 나아가 인생을 더욱 의미 있게 해 준다. 결국, 살아가는 순간은 철학자가 되는 삶의 여정이다. 우리는 끊임없이 질문하고, 탐구하며, 성장하는 존재로서, 이 여정을 소중히 여기고 즐겨야 한다.

김효진

삶의 구석구석을 들여다보면 온갖 선물들이 숨어있다. 에세이를 쓰는 과정은 마치 꼭꼭 숨겨진 선물을 찾아내는 보물찾기 같았다. 누군가를 위해 편지를 쓰듯 글을 써 나갔지만, 동시에 자신을 향한 응원과 위로의 작업이기도 했다. 에세이의 완성쯤에 겨울을 만났다. 글을 통해 삶을 포옹하는 시간을 보냈기에 그 어느 때보다도 따뜻한 계절을 보내고 있다. 언젠가 다시 읽으면 부끄러운 글이 될까 염려스럽다. 부족한 글이지만 힘껏 용기를 담아 세상에 내어놓는다.

송기홍

살아있으면서도 죽음에 관한 생각을 떨쳐버릴 수가 없다. 나이가 들면서 죽음은 더욱 가깝게만 느껴진다. 삶과 죽음은 동전의 양면처럼 늘 함께 있는 것 같다. 몇 차례 병원에 입원하면서 죽을 고비도 넘겼지만, 오늘도 여전히 살아 있고, 천국의 소망이 있으니, 이제는 죽음도 두렵지 않다. 지금은 살아 있고, 해야 할 일, 할 수 있는 일을 찾는다, 해야 할 일이 있다는 것이 행복이다. 피할 수 없으면 즐기라는 말처럼 오늘도 이 시간을 즐기며 살아간다.

쓰꾸미

2019년 4월 15일 어머니가 돌아가셨다. 그 후 조카 구태희와 구본준은 각각 결혼했다. 인순 누나와 윤정 누나는 교감 선생님이 되었다. 비인두암에 걸리셨던 아버지는 이제 완치 판정을 받으셨다. 어머니의 죽음을 생각하면 지금도 슬프고 두렵다. 살아간다는 것은 멈추지 않는다는 걸 발견한다. 역경과 고난의 시간은 언제 어떤 식으로 닥칠지도 모른다는 건 분명하다. 그것이 오게 된다는 걸 인정하면 실제로 닥쳤을 때, 이 또한 흘러간다고 믿고 견뎌본다. 늘 피할 수 없다는 사실을 잊지 말자. 걱정하며 보내는 시간보다 행복으로 채울 수 있도록 노력하고 감사하자. 이 대도가 내가 선택한 철학이다.

전은태

죽음은 멈춤이 아니라, 삶을 더 빛나게 하는 시작이었습니다.

스무 살의 나이에 죽음의 문턱에서 마주한 강렬한 평온, 그 경험은 나를 다시금 이 세상에 태어나게 했습니다. 죽음이라는 끝은 두렵기보다는 나에게 새로운 깨달음과 방향을 선물했습니다. 그 순간, 눈을 뜨고 다시 세상을 보았을 때는 더 이상 이전과 같은 삶을 살 수 없었습니다.

시간이 흘러 중년의 나이에 다시 찾은 죽음의 체험은, 나를 멈추게 하고 삶을 돌아보게 했습니다. 무엇을 위해 달려왔는지, 무엇이 정말 소중한지. 세상을 바꾸려는 욕심 대신, 나를 둘러싼 작은 세상을 따뜻하게 비추고 싶다는 마음이 들었습니다.

1장에서는 죽음을 체험하며 얻은 삶의 감사함을 이야기했습니다. 한순간 숨이 멎어가던 그때, 무엇보다 평범하게 숨을 쉬고 하루를 맞이하는 것이 얼마나 소중한지 깨달았습니다. 당연하다고 여겼던 일상이 더는 당연하지 않음을 배웠고, 새롭게 얻은 삶을 결코 허투루 쓰지 않겠다고 결심했습니다.

2장에서는 바로 지금, 여기의 소중함을 돌아보았습니다. 행복을 쫓기보다 오늘을 제대로 살아내는 것이야말로 진정한 행복이라는 깨달음이 있었습니다. 길가에 핀 들꽃과 따스한 햇살조차 나를 멈춰 세우며 '지금'을 소중히 여기는 법을 가르쳐 주었습니다.

3장에서는 우리가 남길 수 있는 것이 결국 소중한 추억임을 깨달았습니다. 죽음을 생각할 때 비로소 삶은 뚜렷해졌고, 기억 속에 남아 있는 것은 화려한 성취가 아니라 사랑하는 사람들과의 따뜻한 순간들이었습니다. 엄마의 무릎을 베고 듣던 바람 소리, 함께 웃고 나눈 일상의 조각들이 삶의 진정한 보물이라는 것을 알게 되었습니다.

4장에서는 죽는 순간에도, 죽은 후에도 나눌 수 있는 사랑에 관해 이야기했습니다. 사랑과 나눔은 끝나지 않고 이어집니다. 내 몸의 일부가 누군가의 생명이 되고, 내가 심은 작은 사랑의 씨앗이 퍼져나가는 순간, 삶과 죽음은 하나가 됩니다. 죽음은 마침표가 아니라, 또 다른 시작이 되는 것입니다. 죽음을 기억하는 것은 결국, 삶을 더 깊이 사랑하는 방법을 배우는 일입니다.

이 책을 덮는 순간, 당신도 스스로에게 물어보세요.

"나는 어떤 사랑을 남기고 가고 있는가?"

"오늘의 나는, 내 삶을 어떤 이야기로 채워 가고 있는가?"

나의 이야기가 당신에게 작은 울림이 되어, 평범한 하루를 더 소중히 여기고 사랑을 더 많이 나누는 계기가 되길 바랍니다. 삶의 마지막 순간, '잘 살았다'라고 웃으며 떠날 수 있기를. 그리고 그 여정의 하루하루가 충만하기를.

죽음을 기억하되, 오늘을 온전히 사랑하십시오. 당신이 남긴 사랑과 추억은 세상 어딘가에서 누군가를 다시 살게 할 것입니다.

"한세상 잘 살다가 갑니다."

그 말이 당신과 나의 삶을 빛나게 해 줄 마지막 문장이기를 소망합니다.

조왕신

병풍바위 집 할머니가 마을 공터에 감나무 묘목을 심었다. 할머니는 묘목이 자라서 감이 열릴 때까지 당신이 살겠느냐 했다. 당신은 가고 없겠지만 나중에 감이 익으면 맛있게 따먹으라고 했다. 다른 사람들을 위해 나무를 심는 할머니의 마음을 배운다. '나이 듦'을 생각한다. 어른으로 살아야지. 이왕이면 뒷모습도 반듯하게. 누군가 뒤따라와도 부끄럽지 않게. 작고 마른 묘목이 겨울을 견디고 있다. 봄이 되면 키가 크고 잎이 무성해지겠지. 때가 되면 탐스러운 감이 열리겠지. 그런 기다림으로 살아야겠다.